# 아우라

**Aura**

세계문학전집 229

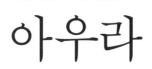

# 아우라

Aura

카를로스 푸엔테스

송상기 옮김

민음사

차례

마놀로와 테레 바르바차노에게

남자는 사냥을 하고 투쟁을 한다.
여자는 계략을 짜고 꿈을 꾼다.
그녀는 환상의 어머니이자
신들의 어머니이다.
그녀에겐 또 다른 눈이 있고
욕망과 상상력을 펼칠 수 있는,
무한정
비행할 수 있는 날개가 있다.
신은 남자와 같아서
여성의 품속에서
태어나고 죽는다.

— 쥘 미슐레(Jules Michelet)

# 1

너는 광고를 읽어. 이런 광고는 날마다 볼 수 있는 것이 아니야. 너는 곱씹어 읽어 보지. 바로 그 누구를 위한 것이 아니라 너를 위한 광고야. 이런, 정신이 나가 담뱃재를 찻잔 속에 터네. 아무리 더러운 싸구려 카페라 하더라도 말이야. 또 이 광고를 읽을 거야. 젊은 사학자 구함. 반듯하고 꼼꼼한 사람일 것. 프랑스어로 일상 표현도 완벽하게 구사할 수 있는 사람. 비서 업무를 수행할 수 있을 것. 프랑스에 체류한 경험이 있는 젊은 사람 우대. 월급 3000페소, 햇볕이 잘 들어 서재로 쓰기 적합한 방과 식사 제공. 네 이름만 빠졌네. 그 광고에 보다 진하고 검게 찍힌 펠리페 몬테로라는 글자만 빠졌어. 소르본 대학 장학생이었던 펠리페 몬테로 구함. 케케묵은 종이들을 파헤치는 데 익숙하고 시시콜콜한 자료들을 능숙하게 다루는 역사학자. 월급 900페소 받는 사립학교 보조 교사. 다음 구절을 읽다가 의문이 들기도 하지만 가볍게 웃어넘기지. 돈셀레스 거리 815번지. 직접 방문 요망. 전화 사절.

너는 가방을 챙기고 팁을 놓고 나가. 너와 조건이 비슷한 다른 젊은 사학자가 이 광고를 먼저 읽고 선수를 쳐서 이미 자리를 빼앗았을지도 모른다고 생각하는구나. 길모퉁이를 돌아가며 이런 상념을 떨쳐 버리려고 노력하지. 버스를 기다리며 담배에 불을 붙인 후, 조용히 이 역사적인 날을 곱씹어 봐. 여기 조는 학생들에게서라도 존경을 받으려면 말이야. 버스가 오는데도 너는 검은 구두코만 바라보지. 올라탈 준비를 해야 하는데 말이야. 주머니에 손을 넣어 동전들을 만지작거리다가 30센타보를 꺼내, 지금껏 제대로 정차한 적 없는 버스 쇠 손잡이를 향해 팔을 쭉 뻗어 헤집고 들어가 돈을 내고선 네 몸을 바싹 조여 오는 승객들 사이에서 겨우 몸을 가누고는 오른손으로 손잡이를 잡고, 겨드랑이에는 손가방을 끼고, 왼손은 지폐를 보관하는 뒷주머니에 무의식중에 넣어.

여느 때나 별다를 것 없는 하루를 보내고 그다음 날, 넌 카페 테이블에서 아침을 주문하고 신문을 펼치고서야 다시 기억을 떠올려. 광고란을 보니, 다시 한 번 젊은 역사가 구함이라는 글자들이 눈에 띄는구나. 어제는 아무도 신청한 사람이 없었어. 너는 그 광고를 쭉 읽어 내려가다가 "4000페소."라는 마지막 구절에서 멈추고 말아.

누군가가 돈셀레스 거리에서 산다고 상상하니 놀랍기 그지없구나. 항상 너는 구시가지에는 사람이 살지 않는다고 생각했어. 스페인 식민지 시대 궁전들이 위용 있게 들어섰던 터가 수선소나 시계방 따위, 혹은 구두나 음료수 등을 파는 상점가로 변해 버린 이곳에서 너는 815번지를 찾기 위해 천천히 걸어가지. 고

쳤거나 덧입힌 혼란스러운 번호판들. 13번지는 200번지 옆에 있고, 47번지라고 적힌 오래된 푸른색 타일 위에는 분필로 지금은 924번지라고 새로 적혀 있네. 건물 3층으로 시선을 올려 보니 거기에는 아무것도 바뀐 것이 없네. 더 이상 음악 소리가 들리지 않고, 수은등도 비추지 않으니 외부 장식이 이 건물들의 또 다른 얼굴로 돋보이기는 역부족이야. 건물은 현무암으로 지었어. 돌들은 멕시코 바로크 양식으로 장식되었고, 처마 난간에 놓인 불구가 되어 버린 성인(聖人) 조각상 어깨 위에 비둘기들이 앉아 있어. 격자창 앞 베란다에는 함석 홈통들과 사암 배수구. 녹색 커튼이 길게 드리워 어둡게 보이는 커다란 창문들. 누군가 바로 그 창가에 있다가 네가 쳐다보자 뒤로 몸을 숨기는군. 포도 넝쿨이 어지럽게 뒤엉킨 건물 외벽으로 시선을 낮추자 전에 69번지였다가 815번지로 바뀐 빛바랜 문패가 드디어 보이는구나.

너는 닳아서 반들반들한 개 머리 형상 문고리를 괜스레 만지작거려. 이젠 개라기보다는 자연사박물관에나 있을 법한 어미 배 속에 있을 때의 강아지 몰골이 된 것 같아. 너는 그 개가 네게 미소 짓는다고 상상하며 문고리의 차가운 감촉에서 손을 떼지. 손끝으로 살짝 건드리기만 해도 문이 열리네. 안으로 들어가기 전 마지막으로 고개를 돌려 어깨 너머로 사납게 매연을 뿜어 대며 경적을 으르렁거리듯 울리는 트럭과 승용차 들이 정차한 긴 행렬을 슬쩍 보고는 눈살을 찌푸리고 말아. 시시해진 외부 세계에 대해 어떤 특별한 이미지라도 새겨 둘까 했지만 허사가 되고 말았어.

너는 현관문을 닫고 천장이 있는 복도의 어둠 속으로 들어

가려고 해. 이끼나 눅눅한 화초, 혹은 썩은 뿌리의 냄새같이 졸음을 불러일으키는 향이 진동하는 것으로 보아 안뜰로 들어선 것이 틀림없어. 무언가 길을 밝혀 줄 만한 불빛을 찾아 서성이지만 보이질 않네. 외투 주머니에서 성냥갑을 찾고 있는데, 멀리서 날카롭고 카랑카랑한 목소리가 너에게 길을 알려 주는 거야.

"저, 그러실 필요 없어요. 정면으로 열세 걸음 가시면 오른쪽에 계단이 보일 거예요. 그 계단을 따라 스물두 칸을 올라오세요. 세어 보세요."

열셋. 오른쪽으로. 스물둘.

처음에는 돌이 깔린 길이었다가 나중에는 습하고 통풍이 안 되어 눅눅하고 삐걱거리는 나무 바닥을 걸으며 숫자를 세는 동안, 썩은 화초의 축축한 냄새가 네 주변에 가득해. 여전히 성냥갑을 손에 쥐고, 겨드랑이에 서류 가방을 낀 채 낮은 소리로 스물둘을 세었으니까 이젠 멈춰야겠네. 오래되고 눅눅한 늙은 소나무 냄새가 나는 문이 만져져. 손잡이를 찾지만 허사여서 그냥 문을 밀어 보니 이내 카펫 감촉이 발밑에 느껴지네. 너는 제대로 펴지지 않은 얇은 카펫에 걸려 넘어질지도 모른다고 생각하면서 동시에 뿌옇게 새어 나오는 회색 빛줄기가 주변을 희미하게 비춘다는 사실을 감지해.

"부인."

아까 들은 여자 목소리가 생각나 조심스레 말을 꺼내 보지.

"부인……."

"왼쪽이에요. 첫 번째 문입니다. 이제 들어오세요."

너는 그 문을 밀어. 이제 문이 저절로 닫히기를 기대하지도 않아. 이미 이 집의 문들은 밀어야 움직인다는 것을 눈치챘기 때문이야. 흩어진 불빛들이 흡사 비단 그물을 곱게 수놓는 것처럼 네 속눈썹에서 실타래를 만드네. 보이는 것은 수십 갈래로 깜박이는 불빛에 균등하지 않게 반사된 벽면뿐이야. 촛불들이 벽이나 기둥 사이에 불규칙하게 배열되어 있다는 것을 겨우 알아차려. 하트 모양 은장식과 유리 항아리, 크리스털 조각품 들에서 반사된 또 다른 불빛이 간헐적으로 너울거리는 저 안쪽에서 침대와, 너를 부르는 듯 띄엄띄엄 움직이는 손놀림을 발견해.

종교 의식 같은 불빛들이 수놓은 은하수를 등지기 전까진 그 여인을 볼 수 없어. 침대 발치에 부딪히네. 머리맡으로 가려면 침대를 빙 돌아야 해. 거기에 침대의 거대함에 묻혀 버린 조그만 형체가 있네. 손을 뻗어 보니 누군가의 손이 아니라 두텁고 보송보송한 털과 귀가 느껴졌는데, 이 형체는 빨간 눈으로 너를 보며 조용하게 끈질기게 뭔가를 갉아먹고 있어. 네가 미소를 머금고 토끼를 어루만져 주는데, 그 옆에 있던 어떤 온기 없는 손가락이 네 손을 만지작거리네. 그 손은 땀에 젖은 네 손바닥에 한참을 머물더니, 손을 뒤집고는 당황해서 벌어진 네 손가락들을 레이스 장식이 있는 자신의 베개로 끌어가잖아. 그 손을 치우려고 너는 괜스레 베개를 만지작거려.

"저는 펠리페 몬테로입니다. 부인께서 낸 광고를 보았습니다."

"네, 알아요. 의자가 없어서 죄송해요."

"괜찮습니다. 신경 안 쓰셔도 됩니다."

"좋아요. 당신 얼굴이 잘 안 보이네요. 불빛이 비치는 쪽으로 조금만 더 오세요. 아, 예, 그렇게요."

"부인께서 낸 광고를 보았는데요……."

"네, 그러셨겠죠. 스스로 자격이 된다고 생각하시나요? Avez vous fait des études?*"

"A Paris, madame.**"

"Ah, oui, ça me fait plaisir, toujours, toujours, d'entendre ……oui…… vous savez…… on était tellement habitué…… et après…….***"

너는 약간 물러설 거야. 촛불과 은, 유리로부터 나오는 빛의 조합이 그녀의 비단 머리그물로 감싼 백발과 너무 늙어 오히려 어린아이처럼 보이는 얼굴을 비추게끔 말이야. 그녀는 모직 숄을 두른 팔과 배 위에 올린 창백한 두 손만 빼고, 머리그물로 가린 귀까지 단추를 채운 하얀 옷깃과 시트, 그리고 깃털베개로 온몸을 감싸고 있네. 너는 그녀의 얼굴을 바라보다 토끼가 기척을 내자 비로소 빛바랜 붉은 비단 베개 위에 흩어진 빵 부스러기로 시선을 돌려.

"용건을 말하지요. 몬테로 씨, 제 인생은 이제 얼마 남지 않았어요. 그래서 지금까지 지켜 온 고집을 버리고 신문에 그 광고를 냈던 거예요."

"예, 그래서 제가 여기 온 것입니다."

"그러시다면 이 일을 맡아 주세요."

---

* 공부를 하셨나요?

** 파리에서 공부했습니다, 부인.

*** 아, 예. 언제나, 언제나 그런 얘기를 들으면 반갑고 기쁘답니다……. 예…… 당신이 아시다시피 우리는 파리에 아주 익숙했어요……. 그 후로도…….

"좋습니다. 하지만 좀 더 알고 싶은 게 있습니다만……."

"물론이지요. 당신은 참 호기심 많은 분이시군요."

그녀는 눈치챘어. 침실용 탁자, 형형색색 플라스크 병들, 알루미늄 숟가락, 가지런히 놓인 약상자들, 희뿌연 액체를 담은 유리병들이 침대에 누운 그녀가 손을 뻗으면 닿을 만한 바닥에 있다는 걸 네가 주의 깊게 관찰한다는 사실을 말이야. 침대가 낮아 바닥에서 매우 가깝다는 것을 네가 눈치챘을 때, 토끼가 뛰어내려 어둠 속으로 사라지고 말았지.

"당신에게 4000페소를 지급하겠어요."

"예, 오늘 신문에 그렇게 나왔죠."

"아, 벌써 그렇게 나왔군요."

"예, 이미 나왔습니다."

"제 남편 요렌테 장군의 원고들에 대한 일이에요. 제가 죽기 전에 정리해야 해요. 꼭 출판되어야 해요. 얼마 전에 결심을 굳혔어요."

"장군님 스스로 그 일을 할 수 있지 않으신가요?"

"그분은 60년 전에 돌아가셨어요. 펠리페 씨. 그 원고들은 그분이 끝맺지 못한 비망록인 셈이죠. 이제 완성해야 해요. 제가 죽기 전에 말이죠."

"하지만……."

"제가 당신께 모든 걸 알려 드리지요. 당신은 곧 제 남편 방식대로 편집하는 법을 습득하실 거예요. 단지 원고들을 정리하고 읽는 것만으로도 그분의 글에 반하실 거예요. 그 투명한…… 아, 뭐랄까……."

"예, 부인 마음을 이해하겠습니다."

"사가야. 사가야, 어디 있니? Ici,* 사가……."

"누구지요?"

"제 친구예요."

"토끼 말인가요?"

"네, 돌아오겠죠."

아래로 향하던 시선을 들어 봐. 그녀는 입을 다물고 있을 거야. 하지만 "돌아오겠죠."라는 그 말이 이 순간 노파가 내뱉고 있는 것처럼 네 귓가에 다시 맴돌아. 그녀는 여전히 입술을 다물고 있는데 말이야. 뒤를 돌아보니, 성상들의 머리 위 찬란한 광배(光背)에서 비추는 빛에 눈이 멀 지경이구나. 다시 그녀에게로 시선을 돌리자, 초점 없이 열린 그녀의 눈망울이 느껴져. 맑고 촉촉하며 거의 흰자위와 구분되지 않는 누르스름하고 거대한 각막 때문에 동공의 검은 점만이 잃어버린 색의 대비를 아스라이 되살려. 자신을 보호하기라도 하듯이 두텁게 주름진 눈꺼풀 속으로 몇 분 전까지 들어가 있던 눈동자는 자신의 메마른 동굴 속에 다시 숨어 버리네.

"그렇다면 이곳에 머무세요. 당신 방은 위층에 있어요. 거기는 빛이 더 잘 들지요."

"부인, 만일 괜찮으시다면 제가 사는 곳에서 원고를 정리하는 것이 나을 것 같습니다만……."

"제 조건은 당신이 여기서 지내는 것이에요. 오래 걸리진 않을 거예요. 시간이 그리 많이 남지 않았으니까요."

"글쎄요……."

---

* 여기야.

"아우라……."

네가 그 방에 들어간 후로 부인이 움직인 건 처음이야. 그녀가 다시 손을 뻗자 곁에서 흥분한 숨소리가 들려왔는데, 그녀와 너 사이에서 또 다른 손이 나타나더니 노파의 손가락을 잡는 거야. 네가 옆을 보니 거기에는 어떤 여자애가 있어. 네 곁에 너무 가까이 있어 그 아이의 몸 전체를 다 볼 수는 없어. 그 어떤 인기척도 없이 그녀는 너무나 갑작스럽게 나타난 거야. 적어도 침묵이 동반하는 소리보다는 크다 해도 순간적으로 감지되기 때문에 들리지는 않아도 실재한다고 믿을 수밖에 없는 그런 소음조차 없어.

"돌아올 거라 당신께 말했지요."

"누구 말씀이신지요?"

"아우라 말이에요. 제 조카이자 벗이기도 하지요."

"안녕하십니까?"

소녀가 고개를 끄덕이자 노파도 그 동작을 따라 하는 거야.

"몬테로 씨란다. 우리와 함께 지내실 분이지."

촛불에 눈이 멀까 싶어 너는 몇 발자국 움직여. 소녀는 눈을 감은 채 두 손을 허벅지 위에 포개어 얹고 있어. 그녀는 널 쳐다보지 않아. 방 안의 불빛이 두렵기라도 한 듯, 그녀는 조금씩 눈을 뜨기 시작해. 드디어 그녀의 두 눈을 들여다볼 수 있는데, 그 안에서 너는 거품을 일으키며 파도치다 이내 잠잠해지곤 다시 파도를 일으키는 초록빛 바다를 발견해. 그 눈망울들을 바라보며 넌 꿈이 아니라고 자신을 다독여. 여태까지 보아 온, 그리고 앞으로도 볼 수 있는 그저 아름다운 초록빛 눈일 뿐이라고 말이야. 그런데도 끊임없이 출렁이며 변화하는 이 눈은 오직 너만

이 알아볼 수 있고 열망하는 그 어떤 풍경을 제공할 것이라는 확신이 들기 시작했어.

"그래요. 당신들과 함께 살겠어요."

## 2

노파는 미소를 흘리다가 결국에는 날카롭게 웃어 젖히고는, 너의 호의에 감사를 전하고, 소녀가 네 방을 안내해 줄 거라고 이야기할 거야. 그동안 네 뇌리에는 4000페소의 급료와 네 적성에 맞는 이 일에 관한 생각이 계속 맴돌지. 너야 아주 시시콜콜한 서류 정리를 즐기고, 육체적으로 고된 작업이나 이리저리 옮겨 다니면서 사람들을 만나는 일은 아주 질색하잖아. 이런저런 생각을 하며 소녀를 쫓아가는데, 눈으로 따라가는 것이 아니라 귀로 그녀의 치마가 사각거리는 소리와 옷 장식들이 부딪치는 소리를 들으며 가는 너 자신을 문득 발견해. 그녀의 눈을 한 번 더 보고 싶은 마음이 굴뚝같은데 말이야. 아직 익숙지 않은 어둠 속에서 그 소리를 따라 올라가지. 오후 6시쯤 되었나 싶었는데 아우라가 문을 밀자 열쇠 없는 네 방 문틈에서 빛이 쏟아져 나와 너는 소스라치게 놀라. 이윽고 그녀는 비켜서며 네게 말하는 거야.

"여기가 선생님 방이에요. 한 시간 후에 저녁 식사 때 다시 뵐게요."

네가 그녀의 얼굴을 볼 틈도 주지 않고 그녀는 옷 장식을 부스럭거리며 멀어져 갔어.

네 뒤에 있는 문은 밀어야 닫히는 문이야. 천장을 꽉 채운 거대한 채광창을 올려 보며 이 방은 저녁 노을빛만으로도 눈부시게 밝아 어두컴컴한 집의 다른 곳들과는 극명하게 대비된다는 것을 새삼스럽게 깨닫고는 흐뭇한 미소를 지어. 넌 금도금한 침대 틀 위에 놓인 푹신푹신한 매트리스를 만족스럽게 만지며 방을 둘러봐. 붉은 모직 카펫, 올리브색과 황금색으로 도배한 벽, 붉은 벨벳 안락의자, 녹색 가죽과 호두나무로 만든 오래된 책상, 밤에 일할 때 희미한 빛을 밝혀 줄 구닥다리 램프, 그리고 책상 위로 손 닿을 만한 곳에 책이 몇 권 꽂힌 선반이 있어. 다른 쪽 문을 열어 보니 이미 유행이 지난 욕실이 보이네. 네발 달린 꽃무늬 사기 욕조와 파란 세면대, 그리고 불편해 보이는 변기가 있지. 역시 이번에도 호두나무로 만든 욕실 수납장 앞에서 거대한 타원형 거울로 너 자신을 바라봐. 짙은 눈썹과, 거울에 김을 뿜어내는 길고 두터운 입술을 움직여 보지. 너는 검은 눈을 감아. 다시 눈을 뜰 때쯤이면 김이 다 사라졌을 거야. 숨을 참지 않아도 돼. 흘러내린 검은 머리카락을 쓸어 올리고는 여윈 뺨을 어루만져 보지. 네 숨으로 서린 김이 거울에 비친 네 얼굴을 가렸을 때 또 한 번 그 이름을 되새겨, 아우라!

너는 침대에 기대어 담배 두 대를 피운 후 시계를 봐. 일어나서 외투를 걸치고 머리를 빗는구나. 문을 밀어 열고서는 올라왔던 길을 떠올리려 해. 열린 문을 고정해, 탁상 램프의 불빛으로 길을 찾을 수 있길 원해. 하지만 그건 불가능해. 용수철 때문에 문이 저절로 닫히기 때문이야. 문을 열었다 닫았다 씨름해 볼까. 아니면 탁상 램프를 들고 내려갈까. 하지만 이내 너는 포기하고 말아. 이 집은 항상 어둠 속에 있어야만 한다는 것을 알기 때문이야. 너는 감촉으로 이 집의 구조를 파악해야만 해. 장님처럼 팔을 뻗어 벽을 더듬으며 조심스럽게 앞으로 가는데, 네 어깨가 예기치 않게 전기 스위치를 건드리고 말았네. 갑자기 벌거벗은 이 긴 복도 한가운데에서 너는 눈을 찌푸린 채 멈춰 서고 말았어. 안쪽에는 나선형 계단과 난간이 있어.

너는 계단 수를 세며 내려가. 요렌테 부인 저택에서 어쩔 수 없이 밴 또 다른 습관이라고나 할까. 숫자를 세며 계단을 내려가다가 빨간 눈 토끼 때문에 멈칫하고 말아. 그 녀석은 등 뒤로 너를 힐끔 보더니 어디론가 뛰어가 버렸어.

여기 현관 입구에서 시간을 지체할 이유가 없어. 아우라가 램프를 들고 반쯤 열린 불투명한 유리문 뒤에서 너를 기다리잖아. 미소를 지으며 다가가는데 난데없이 고양이들이 고통스럽게 울부짖는 소리가 들려 또다시 멈칫하지. 그래. 분명 고양이 여러 마리야. 아우라의 손 가까이까지 갔는데 고양이 울음소리 때문에 그만 멈춰 서고 말았군. 그녀를 따라 거실로 가야 해.

"고양이들이에요."

아우라는 또 이렇게 말할 거야.

"이 동네에는 쥐가 참 많아요."

거실을 지나치는데 빛바랜 비단을 씌운 가구들과 사기 인형, 멜로디 시계, 훈장들, 크리스털 공들이 진열된 유리 장식장, 페르시아풍 카펫, 전원풍 그림들, 녹색 벨벳 커튼을 드리운 창문들이 보여. 그러고 보니 아우라도 녹색 옷을 입었잖아.

"지낼 만하세요?"

"예, 그런데 제가 살던 집에다 두고 온 물건들을 가져와야 하는데요……."

"그럴 필요 없어요. 하인이 벌써 가지러 갔거든요."

"그렇게 번거롭게 할 필요까지는 없었는데……."

식당으로 들어가야 해. 물론 아우라를 뒤따라서 말이야. 그녀는 식탁 가운데에 램프를 놓을 거야. 너는 이 홀에서 눅눅한 한기를 느껴. 여기는 사방이 고딕풍 아치와 둥근 꽃 장식이 새겨진 어두운 나무 벽으로 둘러싸여 있어. 고양이 울음소리는 더 이상 들리지 않아. 자리에 앉으려 할 때 네 명분 식기가 차려진 것을 보지. 은 냄비를 받친 뜨거운 접시 두 개와 녹색 그을음으로 뒤덮인 오래됐지만 윤기 나는 병도 눈에 들어와.

아우라는 냄비를 치울 거야. 너는 그 오래된 병에 담긴 붉고 진한 액체를 세공된 크리스털 잔에 따르면서, 그녀가 접시에 담아 주는 양파 소스의 콩팥 요리에서 풍기는 자극적인 냄새를 음미하려 해. 호기심에 와인 상표를 읽어 보지만 그을음 때문에 알아볼 수가 없어. 아우라는 통째로 익힌 토마토 몇 개를 접시에 덜어 줄 거야.

"실례합니다만……."

너는 비어 있는 두 좌석과 식기를 보며 말해.

"우리가 지금 누굴 더 기다려야 하나요?"

아우라는 계속 토마토를 나르고 있어.

"아뇨. 콘수엘로 부인은 오늘 밤 몸 상태가 좋지 않으세요. 오늘 우리와 함께 식사하지 못하시죠."

"콘수엘로 부인이라뇨? 당신의 이모 말씀인가요?"

"예, 선생님께 저녁 식사 후에 들러 달라고 부탁하셨어요."

너는 아우라와 아무 말 없이 식사하며 유난히 붉은 와인을 마시지. 최면에라도 걸린 듯이 주체할 수 없는 불순한 시선을 그녀에게 들키지 않도록 힐끔거리면서 말이야. 그녀가 눈길을 피하면 피할수록 그 얼굴을 한 번만 더 보고 싶은 마음이 굴뚝같기만 한데 그녀는 늘 그랬듯이 시선을 내리깔고 있어. 넌 외투 호주머니에서 담뱃갑을 찾다가 작은 열쇠가 잡히자 불현듯 생각나서 아우라에게 말해.

"아! 제가 살던 집에 책상 서랍 하나가 열쇠로 잠겼다는 걸 깜박했습니다. 거기 제 서류들이 있는데요."

그녀는 이렇게 중얼거릴 거야.

"그러시다면…… 떠나시려고요?"

원망이 서린 말투로 그녀는 말하지. 너는 약간 당황해서 손에 쥔 열쇠를 그녀에게 불쑥 내밀고 말았어.

"급할 건 없습니다."

하지만 그녀는 자신의 손을 빼내어 무릎 위에 포개 얹고 눈을 살며시 치켜뜨지. 그 순간 너는 네 감각을 의심해. 와인의 취기 탓이라고 스스로에게 둘러대. 맑고 영롱한 녹색 눈에 현기증을 느껴. 아우라 뒤에 서서, 그녀의 맨살이 드러난 어깨와 움직이지 않는 머리를 차마 쓰다듬지도 못하고, 고딕풍 나무 의자의 등받이만 만지작거리는구나. 등 뒤에 있는 부엌과 통할 것 같은 문에서 나는, 여간해선 잘 들리지 않는 딸각 소리에 온 신경을 집중하거나, 램프 불빛이 식탁과 부조가 새겨진 벽면을 비추어 만든 원과 그 주변을 감싸는 보다 크고 어두운 원이 만들어 내는 식당 안의 두 장식적 요소에 대해 생각하며 애써 네 감정을 억제하려 하지. 결국 너는 용기를 내어 그녀에게 다가가서는 그녀의 손을 살며시 펴고 마치 사랑의 증표라도 되는 양 열쇠고리를 매끄러운 손바닥에 쥐어 주었어.

그녀는 주먹을 꽉 쥐고 너를 지그시 바라보며 소곤거렸어.

"고마워요……."

그리고 일어나서는 식당을 급히 빠져나갔어.

너는 아우라의 자리에 앉아, 다리를 쭉 펴고 담배에 불을 붙인 다음, 지금껏 경험해 보지 못한 기쁨 속에서, 너에게 찾아오리라 결코 기대하지 않았던 것을, 그 체념에서부터 해방되어 지금 이 순간 충만하게 체험하며, 그 감정을 표출하는 거야. 이번만큼은 네 마음에 대한 응답이 올 거라고 예감하기 때문이야……. 하지만 콘수엘로 부인이 너를 기다리고 있어. 아까 아우라가 너에게 저녁 먹은 후에 들르라고 했던가…….

이미 너는 길을 익혔어. 램프를 들고 거실과 현관을 지나. 네 앞에 있는 첫 번째 문이 노파의 방이야. 문고리를 잡고 두드려도 대답이 없네. 다시 한 번 두드리지만 반응이 없어 문을 밀어 보지. 그녀가 너를 기다리고 있어. 너는 조심스럽게 방으로 들어가 말을 꺼내.

"저, 부인……."

그녀는 네가 부르는 소리를 듣지 못한 게 분명해. 멀리서 투박한 모직 잠옷을 입고 두 주먹을 이마에 대고 성상들이 놓인 벽 앞에 무릎 꿇은 그녀가 보일 거야. 깡마른 어깨에, 머리를 파묻은 그녀는 중세 조각처럼 여위었고, 잠옷 밑으로 막대기 두 개처럼 삐져나온, 단독(丹毒)에 걸려 붉은 반점이 가득한 다리는 딱

딱하게 굳어 있어. 네가 저 거친 모직 천이 계속해서 맨살에 닿는 감촉은 어떨까 하고 생각하는데 갑자기 그녀가 마치 그림들과 전쟁이라도 하듯이 허공에 주먹을 휘두르는 거야. 가까이 다가가자 선명하게 보이기 시작하는 예수그리스도, 성모마리아, 세바스티안 성인, 루시아 성녀, 미카엘 대천사와 웃는 악마들. 그러고 보니 고통과 분노의 이미지 속에서 유일하게 미소 짓는 것은 악마들뿐이네. 촛불에 비친 해묵은 판화에서 죄인들의 피부에 삼지창을 쑤셔 대고, 그들에게 가마솥에서 끓는 물을 끼얹고, 여성들을 강간하고, 술을 진창 마시고, 성인들에게 금지된 모든 자유의 과실을 따먹어. 너는 중앙에 있는 그림 쪽으로 다가가서 자세히 살펴보려 해. 고통에 신음하는 성모의 눈물과 십자가에 못 박힌 예수의 피, 악마 루시퍼의 향락, 대천사의 분노, 알코올을 가득 채운 플라스크에 보관한 창자들, 그리고 은으로 만든 심장 같은 것들로 가득 차 있어. 무릎을 꿇은 콘수엘로 부인이 주먹을 휘두르며 중얼거리는 소리가 들릴 만큼 너는 이미 그녀에게 충분히 가까이 다가갔어.

"신의 도시여, 강림하소서. 가브리엘 천사의 트럼펫 소리가 멀리 울려 퍼지길 바라옵니다. 하지만 이 세상이 사라지는 것은 왜 이리 더디온지!"

그림들과 촛불 앞에서 기침을 토하며 쓰러질 때까지 그녀는 자신의 가슴을 두들길 거야. 넌 그녀의 팔꿈치를 잡아 세우며 조심스럽게 그녀를 침대로 인도하지. 그녀의 작은 몸집에 놀라고 말아. 어린애 같은 몸집에, 등뼈에 힘이 없어 거의 등이 접힌 것처럼 보이다니. 네가 그녀를 부축하지 않았다면 그녀는 엉금엉금 기어가야지만 침대에 누울 수 있었을 거야. 빵 부스러기와 낡은 깃털베개가 있는 드넓은 침대에 그녀를 누이고 이불을 덮어 준 다음, 그녀의 호흡이 진정되기를 기다리는 사이 그녀의 창백한 두 빰에는 주체할 수 없는 눈물이 흘러나와.

"미안해요……. 몬테로 씨, 정말 미안해요……. 저 같은 늙은 이들에게 남은 것이라고는…… 단지 신앙에 의지해서 얻을 수 있는 기쁨밖엔 없어요……. 손수건 좀 가져다주시겠어요?"

"아우라 양이 제게 말하길……."

"예, 그래요. 시간을 지체하고 싶지 않아요. 가능한 한 빨리 일을 시작하셔야 해요. 아, 고마워요."

"좀 쉬도록 하세요."

"고마워요……. 여기…… 이거 받으세요."

그녀는 목걸이로 손을 가져가더니 단추를 풀고, 고개를 숙여 검붉은 비단 줄을 목에서 빼낸 후 네게 건네주었어. 그 줄에는 구리 열쇠가 달려 있어 꽤 묵직했지.

"저 구석에…… 트렁크를 열고 오른쪽 위에서 노란 리본으로 묶은 서류들을 찾아 가져다주세요."

"잘 안 보입니다만……."

"아, 그렇죠. 저는 워낙 어둡게 지내는 데 익숙해서요. 제 오른쪽으로…… 쭉 가시면 트렁크가 있어요……. 몬테로 씨, 우리는 높은 벽에 둘러싸여 있어요. 우리를 빙 둘러싸고 건물을 지어대서 그만 빛이 차단되고 말았죠. 그들은 억지로 제 집을 사려고 했지요. 하지만 제가 죽기 전에는 어림없어요. 이 집은 우리에게 소중한 추억이 가득한 곳이에요. 제가 죽어야 저를 여기서 끄집어낼 수 있겠죠……. 바로 그거예요. 고마워요. 여기서부터 읽으시면 돼요. 곧 나머지 부분도 당신께 드릴게요. 안녕히 주무세요, 몬테로 씨. 고마웠어요. 당신의 촛불 램프가 꺼졌군요. 제발 밖에서 켜 주세요. 아니요, 괜찮아요. 열쇠를 가지고 계셔도 돼요. 전 당신을 믿으니까요."

"부인, 저기 구석에 쥐구멍이 있는데……."

"쥐라고요? 사실 전 저기까지 가 본 적이 없어서요……."

"그 고양이를 여기에 가져다 놓아야겠네요."

"그 고양이라고요? 무슨 고양이를 말씀하시는 거죠? 안녕히 주무세요. 저도 좀 자야겠어요. 이젠 피곤하네요."

"안녕히 주무세요."

# 3

그날 밤 너는 황갈색 잉크로 적힌 노란 서류들을 읽었어. 군데군데 담뱃재가 떨어져 구멍 나 있고 파리똥으로 얼룩진 서류들. 요렌테 장군의 프랑스어 문장은 부인이 생각하는 것처럼 유려하다고는 할 수 없어. 너는 그 문장을 매끄럽게 다듬고, 산만한 과거들을 일관성 있게 편집할 수 있다고 자신하는구나. 19세기 멕시코 오아하카 주 대농장에서 보낸 유년 시절, 프랑스 사관생도 시절, 모르니 공작*과 나폴레옹 3세 측근들과 쌓은 우정, 막시밀리안 1세** 제정 시대를 맞아 멕시코로 귀국, 제국의 각종 연회와 행사들, 전쟁과 패전, 타종의 언덕,*** 파리에서의 망명 생활……. 다들 남들이 이미 이야기했던 것들이지. 너는 옷을 벗으며 이 비

* 제2제정 때 의붓형 샤를 루이 나폴레옹 보나파르트(나폴레옹 3세)를 황제로 옹립한 쿠데타에서 중요한 역할을 했다.

** 멕시코 황제이자 오스트리아 대공이며, 프랑스 황제 나폴레옹 3세의 조카.

*** 1867년 케레타로 전투에서 항복한 막시밀리안 황제가 처형당한 언덕.

망록에 지나친 가치를 부여하는 노파의 괴팍한 고집에 대해 생각하지. 하지만 4000페소라는 거금을 떠올리며 흐뭇한 미소를 짓고서 잠을 청할 뿐이야.

너는 꿈도 꾸지 않고 곤히 잠들었다가 새벽 6시 커튼 없는 천장 유리창에서 쏟아지는 빛 세례를 받고서 깨고 말아. 너는 베개로 눈을 가리고 잠을 다시 청해 보지만 10분도 채 되지 않아 이내 포기하고는 욕실로 가. 욕실 테이블에 네 물건들이 정돈되어 있고, 옷장 안에는 몇 벌 안 되는 옷들이 걸려 있어. 네가 면도를 마칠 때쯤 고통에 신음하며 애원하는 듯한 고양이 울음소리가 새벽 정적을 깨며 들려와. 네 귓가에 울리는 잔혹하고 거슬리는 데다가 뭔가를 간청하는 것 같은 이 소리는 도대체 어디서 나는 것일까? 넌 복도 쪽 문을 열어 보지만 거기서는 소리가 나지 않아. 저 위 채광창에서 나는 것 같아. 너는 재빨리 의자에 오르고, 다시 책상으로 오르고, 책장을 지지하며 채광창 쪽으로 오르고, 유리창 하나를 열고 나서야 겨우 옆 정원을 볼 수 있네. 사철나무와 찔레나무가 뒤엉킨 그 정원에는 대여섯 마리, 아니 일곱 마리인가 하는(사실 그 수를 세는 것은 불가능해. 너는 단 1초도 버티고 서 있을 수 없기 때문이야.) 고양이들이 줄줄이 엮여 화염 속에 몸부림치며 털이 타들어 가는 고약한 냄새와 혼탁한 연기를 뿜어내고 있었어. 이내 안락의자로 굴러떨어진 너는 방금 본 것이 사실인지 긴가민가해. 어쩌면 계속 잦아들다가 결국 멈춘 이 기묘한 울음소리에 맞춰서 네가 상상해 낸 이미지에 불과할지도 몰라.

셔츠를 입고 휴지로 구두를 닦다가 이번에는 복도를 통해 네 방문까지 다가오는 종소리를 듣지. 복도 쪽을 보니 아우라가 종을 들고 걸어가고 있어. 그녀는 너를 보더니 고개 숙여 인사하고는 아침 식사가 준비되었다고 말하지. 너는 그녀를 붙잡고 싶지만 아우라는 이미 나선형 계단을 따라 내려가는 중이야. 그녀는 검은색 종을 울리며 마치 보호시설 환자들이나 기숙학교 학생들 혹은 하숙집 투숙객들 모두라도 깨우려는 것 같았어.

너는 셔츠 차림으로 그녀를 뒤따라가지만 현관에 이르렀을 때는 그녀가 이미 사라져 버린 후야. 뒤에 있는 노파의 방문이 살짝 열렸기에 네가 그쪽으로 다가가자 손 하나가 슬쩍 나와 사기그릇을 현관에 내놓고 금세 사라지더니 문이 닫히는 거였어.

식탁 위에 차려진 아침 식사는 달랑 네 것뿐이네. 너는 황급히 먹고 현관에 가서 콘수엘로 부인 방문을 노크해. 날카롭고 가는 목소리가 너에게 들어오라고 해. 바뀐 건 아무것도 없네. 여전히 어두운 방, 촛불과 은제 장식품들이 뿜어내는 미묘한 광채.

"안녕하세요, 몬테로 씨. 편히 주무셨나요?"

"예. 늦게까지 서류를 읽었습니다."

너를 멀리하고 싶다는 듯 부인은 손을 내저어.

"아니, 아니에요. 당신 의견을 미리 말하지 마세요. 단지 그 서류들로 작업만 해 주세요. 그러면 나중에 나머지 서류들도 드리겠어요."

"좋습니다. 부인, 정원을 구경해도 되나요?"

"무슨 정원 말씀이시죠, 몬테로 씨?"

"제 방 뒤에 있는 정원 말입니다."

"이 집에는 정원이 없어요. 사람들이 주변에 건물들을 지어서, 정원을 잃었죠."

"전 그저 야외에서 더 작업을 잘할 수 있을 것 같다고 생각했을 뿐입니다."

"이 집에는 당신이 처음에 들어왔던 어두운 안뜰이 있을 뿐이에요. 거기에서 제 조카가 음지식물을 기르죠. 하지만 그것뿐이에요."

"알겠습니다, 부인."

"오늘은 하루 종일 쉬고 싶네요. 밤이 되면 제게 들러 주세요."

"예, 부인."

너는 온종일 서류들을 편집하지. 줄담배를 피워 대며 그냥 놔둬도 좋을 만한 문단은 그대로 베끼고, 시원치 않은 문단들은 손을 봐. 가능한 한 이곳에 오래 머물러서 수당이나 더 많이 받아야겠다고 생각하면서 말이야. 네가 적어도 1만 2000페소를 저축할 수 있다면 한 1년간은 지금껏 미뤄 오다 거의 잊을 뻔했던 너의 연구에만 매달릴 수 있을 거야. 신대륙 발견과 스페인 정복에 관한 방대한 연구. 흩어진 모든 연대기를 요약해서 알기 쉽게 풀어쓰고, 스페인 황금시대*에 일어난 사업과 모험, 그리고 르네상스 시대의 인간상과 역사적 사건 사이의 상관관계를 밝히는 작품** 말이야. 지겨운 제국 시대의 군사 서류 따위는 팽개쳐 두고 너의 연구에 필요한 자료나 정리하고 요약하며 지내는 거지. 시간이 흘러 어느덧 또다시 종소리가 나자, 너는 시계를 보고 재킷을 걸친 후 식당으로 내려가.

---

* 16세기 초부터 17세기 말에 이르는 스페인 역사상 정치, 경제, 문화의 전성기.

** 실제로 푸엔테스는 이러한 구상을 바탕으로 필생의 야심작 『테라 노스트라』(1975)를 완성한다.

아우라는 이미 자리에 앉아 있어. 이번에는 콘수엘로 부인이 잠옷 위에 숄을 걸치고 머리그물을 한 채로 접시에 고개를 숙이고 상석에 앉아 있어. 그런데 식탁 위에 네 명분이 준비되어 있는 게 아니겠어. 슬쩍 보긴 했지만 이젠 신경 쓰지 않아. 앞으로 얻을 창작의 자유에 대한 대가로 이 노파의 광기를 참아 주는 것이라면 그런 것쯤은 문제될 것도 없어. 노파가 수프를 먹는 동안 너는 그녀의 나이를 짐작해 보지. 원래 어느 정도 늙으면 나이를 가늠하기 힘들게 마련인데 콘수엘로 부인은 이미 한참 전에 그 경계를 넘어 버렸단 말이야. 네가 가져가서 읽은 비망록에는 그녀에 대한 언급이 나오지 않아. 만일 프랑스군이 침략했을 때 장군이 마흔두 살이었고, 그로부터 40년 후 1901년에 죽었다면 그는 여든둘에 세상을 떠난 셈이네. 콘수엘로 부인과는 케레타로 전투에서 패해 망명한 이후에 결혼했을 거야. 하지만 그때 그녀는 아직 소녀였을 테고…….

노파가 아우라에게 말을 거는 바람에 넌 계산을 헷갈리고 말아. 새가 지저귀듯이 날카롭고 가벼운 중얼거림으로 말이야. 너는 식사에 몰입하면서 노파가 불만과 고통을 토로하고, 중병에 걸렸을지 모른다고 근심하는 것을 들어. 그중에서도 비싼 약값과 집 안 가득한 눅눅함에 대한 불만이 주를 이루지. 너는 남의 집 시시콜콜한 대화에 끼어들려 하지. 지금껏 한 번도 마주치지 않았고, 식사를 준비하는 것조차 보지 못했던 하인이 너의 물건을 가져가 정리했느냐고 물으면서 말이지. 입을 여는 순간, 지금껏 한 마디 말도 없던 아우라가 눈에 들어와. 마치 외부의 힘이 그녀에게 포크와 나이프를 쥐게 하고, 지금 너도 먹고 있는, 이 집 식구들이 좋아하는 콩팥 요리를 잘라 자신의 입으로 가져가게 하는 것 같은, 섬뜩하고 기계적인 동작을 보고 너는 놀라서 할 말을 잃고 말아. 너는 이모와 조카를 번갈아 흘긋거리는데, 콘수엘로 부인이 동작을 멈추는 순간 아우라 역시 포크를 접시 위에 놓고는 아무런 동작도 하지 않는 거였어. 불과 1초 전에 콘수엘로 부인이 했던 그대로 말이야.

그들은 몇 분 동안 침묵을 지켜. 네가 식사하는 동안 그들은 네가 먹는 모습을 바라보며 조각처럼 가만히 있어. 마침내 부인이 말을 하지.

"오늘 좀 피곤하네요. 이젠 식당에서 식사하지 말아야겠어요. 아우라, 이리 와서 침실로 부축해 주렴."

노파는 계속 네 관심을 끌려고 해. 비록 조카에게 이야기하고 있지만, 너에게 자신을 바로 보게 하려는 듯이 네 얼굴을 똑바로 쳐다보잖아. 평소에 주로 감겨 있어 잘 보지 못했던, 노파의 맑지만 누렇게 뜬 두 눈을 너는 애써 피해. 대신 아우라를 바라봐. 그녀는 허공에 시선을 고정한 채 소리 없이 입술을 움직이며 꼽추처럼 등이 굽은 노파를 부축해 천천히 식당 밖으로 나가는 것이었어. 흡사 네가 꿈속에서 본 것과 같은 모습으로 말이야.

이제 혼자가 된 너는 식사를 차릴 때부터 놓여 있던 이미 식어 버린 커피를 따라 마시며 미간을 찌푸린 채 노파가 아우라에게 무언가 비밀스러운 힘을 행사하는 게 아닐까 생각해 보지. 그래, 그 소녀. 녹색 옷을 입은 너의 아름다운 아우라가 이 낡고 그늘진 집에서 자신의 의지와 상관없이 갇혀 살 순 없는 거야. 하지만 노파가 어두운 방에서 자는 동안 도망쳐 나오는 것은 그녀에게 쉬운 일이었을 텐데……. 너는 온갖 상상을 다 해 보지만 이렇다 할 생각이 떠오르지 않아. 아마도 아우라는 변덕스럽고 괴팍한 노파가 옭아 놓은, 숨겨진 올가미로부터 구출해 주길 너에게 바라는지도 몰라. 불과 몇 분 전 그녀는 공포에 질린 채 마법에 걸려 혼이 나간 것 같았어. 그 폭군에게 감히 대들기는커녕, 콘수엘로 부인을 따라하는 동작만 허락받은, 포로가 되어버린 자신에게 자유를 달라고 소리 없이 입술을 움직이며 네게 애원하는 것 같았어.

너는 이런 완전히 비인간적인 상황에 대해 분노를 느껴. 이번에는 현관에서부터 노파의 옆방으로 걸음을 옮기는 중이야. 이 집에는 다른 방이 없으니, 틀림없이 이곳이 아우라 방일 거야. 너는 문을 열고 안으로 들어가. 역시 어둡고 하얀 회반죽을 칠한 벽에는 이 방의 유일한 장식물인 검은 그리스도상이 걸려 있어. 왼편에는 늙은 과부의 방으로 통할 것 같은 문이 나 있어. 발끝으로 살금살금 다가가서 문에 손을 대지만 이내 멈추고 말아. 아우라와 단둘이서 이야기해야 하니까.

아마 아우라는 자신을 도와 달라고 청하면서 네게 올 거야. 너는 노란 서류 뭉치나 작업 노트는 잊어버리고 멍하니 서서 가질 수 없는 아우라의 아름다운 모습만을 생각해. 넌 지금 단지 그녀의 미모만을 욕망하는 것이 아니라 그녀를 해방해 주기를 원하기 때문에, 생각하면 할수록 그녀는 네 마음속에 더 깊이 들어오는 거야. 이제 너의 욕망을 충족해 줄 도덕적 명분을 찾았구나. 자신이 순수하다고 생각하며 만족하네. 또다시 종소리가 울린다 해도 점심때 같은 광경은 더 이상 참을 수 없기 때문에 저녁 식사를 하러 내려가지 않을 거야. 만일 아우라가 이를 눈치챈다면 너를 찾으러 올라오겠지.

너는 꾸준히 서류들을 편집하려 노력해. 하지만 피곤이 몰려와 겨우 옷을 벗고는 침대에 쓰러져 이내 잠이 들어 버려. 실로 몇 년 만에 꿈을 꾸는데 그 꿈에서, 깡마른 손이 종을 들고 다가오더니 모두들 떠나가 버리라고 너에게 소리를 지르는 거였어. 두 눈이 텅 비어 버린 얼굴이 네게 다가오자 너는 땀을 흘리며 소리 없는 비명을 지르며 깨어나고 말아. 어떤 손이 네 얼굴과 머리카락을 어루만지는 게 느껴져. 아주 낮게 속삭이며 너를 위로하고, 네게 사랑과 안식을 구해. 그 미지의 벌거벗은 몸을 찾아 손을 뻗자 열쇠고리가 흔들리는 익숙한 소리가 들렸고 덕분에 그녀가 누구인지를 대번에 알아차렸어. 그녀는 네 위에 포개어 눕더니 키스를 하고 입술로 온몸을 더듬는 거야. 별빛도 없는 밤의 어둠 속에서 너는 그녀를 볼 수는 없지만, 그 머리카락에서 안뜰에 있던 화초 향을 맡고 그 품 안에서 널 갈망하는 매우 부드러운 피부를 느끼고, 예민한 핏줄로 뭉쳐진 꽃봉오리같이 피어오른 젖가슴을 만져. 다시 그녀에게 키스하면서 아무 말도 하지 말라고 하지.

네가 기진맥진해서 그녀의 품 밖으로 나왔을 때 그녀가 중얼거려.

"당신은 제 남편이에요."

너도 동의하지. 그녀는 새벽이 밝았다고 말하고, 자신의 침실에서 너를 기다리겠다며 작별을 고해. 너는 알겠노라고 대답하곤, 긴장이 풀리고 욕망이 충족된 상태로 손끝에 남은 그 촉감, 그녀의 육체, 그 전율, 내게 모든 걸 바친 그 소녀 아우라를 간직하며 이내 잠이 들고 말아.

너는 일어나기를 힘들어 해. 몇 차례 노크 소리가 들리고 나서야 너는 투덜대며 침대에서 무거운 몸을 겨우 일으키지. 문 저

편에서 아우라는 굳이 문을 열 필요가 없다며 콘수엘로 부인이 너와 이야기할 것이 있어 그녀의 방에서 기다리고 있다고 전해.

10분 후에 너는 성전에 들어갈 거야. 옷을 껴입고 레이스 달린 베개에 몸을 기댄 채 꼼짝하지 않는 그녀의 움푹 들어간 주름지고 희멀건 눈망울을 향해 다가가야 해. 너는 광대뼈 밑에 늘어진 주름살과 피로로 쇠잔한 피부를 바라봐.

그녀는 눈을 감은 채 말할 거야.

"열쇠를 가지고 오셨나요?"

"예……. 아마 그럴 거예요. 아, 여기 있습니다."

"이제 두 번째 묶음을 읽어 보세요. 같은 곳에 파란 끈으로 묶여 있어요."

트렁크가 있는 방구석으로 가다가 쥐들이 눈을 희번덕거리며 상한 마루 판자때기에서 썩은 벽에 난 구멍으로 우글거리며 뛰어드는 것을 보고는 너는 메스꺼움을 느끼고 말아. 트렁크를 열고 두 번째 서류 묶음을 꺼내. 그러고는 콘수엘로 부인이 토끼를 쓰다듬고 있는 침대 머리맡으로 가져갈 거야.

옷깃의 단추가 풀린 노파 목을 통해 귀머거리의 웃음소리가 터져 나왔지.

"동물을 별로 좋아하지 않는가 보죠?"

"네, 특별히 좋아하지는 않습니다. 아마도 한 번도 키워 본 적이 없어서 그럴 거예요."

"그들은 좋은 친구이자 동료들이에요. 특히 늙고 외로우면 더 그렇죠."

"예, 그러시겠죠."

"그들은 자연 그 자체의 존재들이지요, 몬테로 씨. 유혹을 모르는 존재들이고요."

"이름이 뭐라고 했지요?"

"토끼 말인가요? 사가예요. 현명한 여자라는 뜻이에요. 자신의 본능에 따라 움직이지요. 아주 자연스럽고 자유로운 존재랍니다."

"저는 그 토끼가 수컷인 줄 알았습니다."

"아직 암수 구분을 잘 못하시는군요."

"그렇습니다. 중요한 것은 부인께서 외롭다고 느끼시지 않는 것이겠지요."

"몬테로 씨, 사람들은 자신이 외롭길 원하지요. 신성함에 다다르기 위해 고독이 필요하다면서 말이지요. 고독 속에 있을 때 유혹이 가장 강력하다는 것을 모르면서 하는 말이에요."

"부인, 무슨 말씀이신지 잘 이해가 되지 않습니다."

"아, 차라리 그게 더 나아요. 하던 일이나 계속하세요."

너는 그녀에게서 등을 돌려 문 쪽으로 걸어가서는 침실을 나서고 말아. 문 앞에서 너는 이를 악물어. 왜 너는 그 소녀를 사랑한다고 얘기할 용기가 없을까? 왜 너는 들어가서 한 번이라도 이 작업이 끝나면 아우라를 데려가겠다고 얘기하지 못할까? 다시 한 번 다가가 방문을 밀지만 여전히 들어갈 용기가 없어 문틈으로 콘수엘로 부인을 훔쳐보았어. 그녀는 황금빛 단추에 빨간 견장, 왕관 쓴 독수리의 기장이 장식된 파란 군복을 들고 완전히 다른 모습으로 꼿꼿하게 서 있었어. 그러다 군복을 난폭하게 물어뜯고, 다정스레 입을 맞추고, 어깨에 걸친 채 댄스 스텝을 밟으며 회전하기도 하지. 너는 문을 닫고 말아.

그렇구나. 내가 그녀를 안 것은 그녀가 열다섯 살 때였다.

너는 두 번째 원고 뭉치를 읽기 시작해. elle avait quinze ans lorsque je l'ai connue et, si j'ose le dire, ce sont ses yeux verts qui ont fait ma perdition.* 콘수엘로의 녹색 눈. 1867년 그녀가 열다섯 살이었을 때 요렌테 장군은 그녀와 결혼해 자신의 망명지인 파리로 그녀를 데리고 가서 사는구나. Ma jeune poupée.** 요렌테 장군이 비망록에 기쁨에 들뜬 표현을 적어 놓았군. ma jeune poupée aux yeux verts. je t'ai comblée d'amour.*** 그들이 살던 저택, 외출, 댄스, 파티, 마차에 대한 묘사가 잇따라 나와. 프랑스 제2제정 시대****에 대한 묘사와 함께 말이야. 그런데 이렇다 할 큰 사건이나 사고가 없네. J'ai même supporté ta haine des chats, moi qu'aimais tellement les jolies bêtes…….***** 어느 날 그는 그녀가 고양이를 고문하는 것을 발견했지. 그녀는 크리놀린 스커트를 걷어 올린 채 다리를 벌리고 서서 고양이를 움켜쥐어 순교자로 만들고 있었던 거야. 하지만 그녀를 어찌하지 못했는데, 왜냐하면 이것조차 그에게 이렇게 보였다지. tu faisais ça d'une façon si innocent, par pur enfantillage.****** 네가 읽은 부분을 그대로 믿는다면 그는 그녀의 행동에 흥분한 나머지 그날 밤 그녀와 열렬히 사랑을 나눴다고 해. parce que tu m'avais dit

* 내가 그녀를 안 것은 그녀가 열다섯 살 때였고 단연코 말한다면 나는 그녀의 녹색 눈에 매혹되었다.

** 내 어린 인형.

*** 내 어린 인형, 녹색 눈을 가진 내 어린 인형. 난 너를 사랑으로 가득 채웠다.

**** 나폴레옹 3세 통치 기간의 프랑스의 정부 체제.

***** 네가 고양이를 싫어하는 것도 참아야 했다. 난 그렇게도 애완동물을 사랑했건만…….

****** 그녀는 어린애처럼 순진해서 그런 짓을 하고 말았다.

que torturer les chats était ta manière a toi de rendre notre amour favorable, par un sacrifice symbolique…….* 어디 한번 계산해 보자. 콘수엘로 부인은 올해 나이가 백아홉 살일 거야……. 너는 비망록을 덮어 버려. 남편이 죽었을 때 그녀의 나이는 마흔아홉이었어. Tu sais si bien t'habiller, ma douce Consuelo, toujours drappé dans des velours verts, verts comme tes yeux. Je pense que tu seras toujours belle, même dans cent ans…….** 100년이 지나도록 항상 녹색 옷을 입고, 항상 아름다운 그녀. Tu es si fière de ta beauté, que ne ferais-tu pas pour rester toujours jeune?***

---

* 왜냐하면 당신이 내게 이야기한 것처럼 고양이를 괴롭히는 것은 곧 상징적 희생을 통하여 우리의 사랑을 자극하는 것과 마찬가지이기 때문이야…….

** 나의 달콤한 콘수엘로, 너는 옷을 잘 입을 줄 알아. 너의 초록색 눈동자처럼 항상 초록빛 벨벳을 걸쳐 입는구나. 생각건대 너는 100년이 지난다 해도 언제까지나 아름다울 거야…….

*** 너는 네 미모에 대해 워낙 자신이 있잖아, 젊어 보이기 위해서는 무슨 일인들 못 할까?

# 4

너는 다시 비망록을 덮으면서 왜 아우라가 이 집에서 살고 있는지를 이해하게 돼. 그녀는 이 불쌍한 미치광이 노파에게 젊음과 아름다움에 대한 허상을 지속시켜 주기 위해 있는 거야. 마치 기적을 그린 성화나 보관된 심장들, 그리고 상상의 악마와 성인들에 대한 초상처럼 아우라는 거울 속에 갇힌 거야.

너는 서류를 옆에 팽개치고 아우라가 아침 시간에 있을 만한 가장 유력한 장소로 내려가. 탐욕스러운 노인네가 그녀에게 지정해 주었을 만한 곳 말이야.

그래, 너는 부엌에서 그녀를 보았어. 그런데 그녀는 새끼 양의 목을 자르고 있어. 잘린 목에서 내뿜는 수증기 하며, 사방에 진동하는 피비린내, 게다가 미처 감지 못한 채 굳은 동물의 눈을 본 순간 너는 구역질을 일으키고 말아. 이 참혹한 광경 속에서 아우라는 형편없는 옷을 입고 머리를 헝클어뜨린 채 피범벅이 되어 있어. 그녀는 너를 알아보지 못하는 것처럼 멍하니 바라보고는 도살 작업을 계속하지.

너는 등을 돌려 부엌에서 나와 이번엔 제대로 한번 노파에게 이야기하려 해. 면전에서 그녀의 탐욕과 혐오스러운 횡포에 대해 따져야만 해. 네가 문을 힘껏 밀어젖히고 보니 그녀는 빛의 장막 뒤에 서서 허공에 대고 무언가를 하고 있어. 허공에 팔을 뻗고 두 손을 움직이고 있어. 한 손은 오므렸다 폈다 하면서 뭔가를 잡고 있는 것 같고, 다른 손은 주먹을 쥐고 계속 같은 곳을 치고 있어. 이윽고 노파는 가슴에 손을 모으더니 한숨을 쉬고는 허공에 대고 다시 무언가를 자르기 시작해. 그래. 이젠 분명히 보이는 것 같지. 이번엔 무언가를 벗기고 있어. 마치 짐승의 가죽 같은 것을…….

너는 막 달려가. 현관을 통해 거실을 지나 식당을 향해서. 거기서 아우라는 천천히 새끼 양의 가죽을 벗기고 있는데, 그 일에 너무 몰입한 나머지 네가 들어오는 소리도, 네가 말하는 소리도 듣지 못한 채 네가 마치 투명인간인 것처럼 멀뚱멀뚱 바라만 보는 거야.

너는 천천히 네 방으로 돌아가서는 누군가 너를 따라올 거란 생각에 겁에 질려 온몸으로 문을 틀어막아. 숨을 헐떡이며 땀에 범벅이 된 채, 스스로의 확신에 사로잡혀 등골이 오싹하게 얼어붙었어. 만일 누군가가 혹은 그 무엇이 들어온다면 너는 꼼짝없이 이렇다 할 저항도 못하고 끌려 나와 사건에 휘말릴 수밖에 없어. 너는 미친 듯이 안락의자를 들어다가 자물쇠도 없는 문에 받쳐 놓지. 침대까지도 끌어다가 문을 막고서는 그 위로 쓰러지는 거야. 의욕을 상실해서는 기진맥진한 몸을 침대에 던지고 눈을 감으며 베개를 팔로 끌어안지. 그러고 보니 사실 이 베개도

네 것이 아냐. 네 것은 아무것도 없어…….

너는 혼수상태에 빠지고 말아. 네 유일한 탈출구인, 광기에 저항할 수 있는 유일한 수단인 깊은 꿈으로 빠져들지. "그녀는 미쳤어, 미쳤어." 허공의 칼로 허공의 새끼 양 가죽을 벗기는 노파에게 가장 어울리는 말을 반복하면서……. "미쳤어……."

깊은 심연 속에서, 네 고요한 꿈속에서, 침묵 속에서 그녀가 입을 벌린 채 네게 다가오는 것이 마음 깊숙한 어두운 곳에서부터 보일 거야. 그녀가 고양이처럼 살금살금 기어드는 것이 보일 거야.

침묵 속에서,

그녀가 깡마른 손을 움직이며 네 얼굴에 자신의 얼굴이 닿을 만큼 가까이 다가오자, 이가 몽땅 빠지고 피가 나는 노파의 잇몸이 보여 너는 소리를 지르지. 그녀는 손을 휘저으며 뒷걸음치지. 피에 젖은 앞치마에서 누런 이들을 꺼내 허공을 향해 흩뿌리면서 말이지.

네 고함은 마치 꿈속에서 네 앞에 있는 아우라가 지른 비명이 메아리치는 것처럼 울려. 누군가의 손이 그녀의 녹색 모직 치마를 두 갈래로 찢어 놓았으니 그녀도 비명을 지를 수밖에. 그리고

머리카락이 죄다 빠져 버린 저 머리통은,

두 손 가득히 찢어진 치맛단을 쥐고 너를 돌아보며 조용히 웃는다. 그 웃고 있는 존재의 치아들과 노파의 치아들이 겹치는 순간 아우라의 벌거벗은 다리는 찢긴 채로 떨어지더니 심연 속으로 날아가…….

문 밖에서 노크 소리와 곧이어 저녁 식사 시간을 알리는 종

소리가 들려와. 극심한 두통 때문에 너는 시계를 볼 수가 없어. 이미 시간이 많이 늦었다는 것을 짐작할 뿐이지. 누워 있는 네 머리 위 채광창 밖에서 밤 구름이 지나가는 중이야. 허기지고 몽롱한 상태에서 고통스럽게 몸을 일으키지. 너는 수도꼭지를 틀어 유리 항아리가 가득 차길 기다리지. 그러고는 항아리를 가져다가 세숫대야에 물을 부어 얼굴을 닦고 너의 낡은 칫솔에 녹색 치약을 묻혀 양치질을 해. 그러고 나서 순서가 거꾸로 된 것도 모르고 머리를 감아. 너는 호두나무 옷장의 타원형 거울을 보며 머리를 빗고, 넥타이를 매고, 윗도리를 걸치고는 네 수저만 놓인 텅 빈 식당으로 내려가.

접시 옆 냅킨 위로 손가락을 스치는 어떤 물체가 느껴져. 넝마로 만들어 밀가루를 채운 흐늘흐늘하고 작은 인형. 잘 꿰매지 않아 터진 어깨 위로 밀가루가 새어 나오네. 얼굴을 중국 물감으로 칠하고 몸통은 붓으로 덧칠해 겨우 모습을 갖춘 벌거숭이 인형이야. 너는 오른손으로 다 식은 콩팥 요리와 토마토를 먹고 와인을 마시며, 왼손으로는 인형을 쥐고 있어.

왼손에는 인형, 오른손에는 포크를 들고 최면에 걸려 기계적으로 식사하는 자신을 처음에는 눈치채지 못했어. 그런데 가만히 살펴보니 네가 가위에 눌리고 악몽을 꾸었던 원인을 알겠는 거야. 결국 네가 잠결에 한 행동은 아우라와 노파의 동작과 흡사한 거야. 여지껏 손가락으로 쓰다듬던 이 혐오스러운 인형을 역겹게 바라보면서, 너는 이 인형에 숨어 있던 질병에 감염되었을지도 모른다고 의심하기 시작해. 순간 인형을 바닥에 떨어뜨리고 말아. 그러고는 냅킨으로 입술을 닦아. 시계를 보고서야 침실에서 아우라와 만나기로 한 약속을 기억해 냈어.

콘수엘로 부인의 방으로 갔지만 아무런 인기척도 들리지 않아. 시계를 다시 보니 겨우 9시잖아. 이 집에 처음 오던 날은 어두워서 제대로 구경도 못했고 그 이후로는 한 번도 본 적 없는 지붕 덮인 안뜰에 가기로 결심하고 더듬거리며 내려갔어.

축축하고 찐득거리는 벽을 만지며, 지금 맡는 이 짙고 현란한 향을 이루는 요소가 무엇일까 추출해 내려고 시도하지. 깜박거리는 성냥불 빛이 군데군데 돌이 박힌 좁고 축축한 안뜰을 밝히지. 양쪽의 붉고 푸석거리는 땅에는 화초들을 심어 놓았어. 하마터면 네 손가락을 태울 만큼 타들어 간 성냥의 빛이 길고 무성한 가지 같은 그림자로 빚은 형태들을 가늠해 내지. 새로 성냥을 켜고 나서야 오래된 연대기에서 본 적 있는 꽃이며 과일이며 줄기들을 식별해 낼 수 있어. 노곤한 향기를 풍기며 자라는 이름 모를 잡초들. 넓고 길고 갈라진, 솜털이 보송보송 난 싸리 잎사귀들. 겉은 노랗고 속은 붉은 꽃이 달린, 가지치기한 줄기. 뾰족한 하트형 잎사귀가 달린 가지과 식물. 꽃이 듬성듬성 난, 잿빛 털로 뒤덮인 현삼과 식물. 박달나무의 무성한 가지와 하얀 꽃들. 벨라도나 화초들. 성냥불 빛에 생기를 되찾은 약초들이 그림자를 흩날리는 동안 넌 이 풀의 효능을 생각해 보는 거야. 동공을 확대하고, 졸음을 불러일으키며, 진통을 잊게 하고, 위안을 주며, 의욕을 없애고, 관능적인 편안함으로 달래 줄 거라는 생각이 들어.

세 번째 성냥이 꺼지면서 화초들이 뿜어내는 향의 여운만 남았네. 너는 느릿느릿 현관으로 올라가 다시 한 번 콘수엘로 부인의 방문 앞에서 잠시 귀를 기울인 후, 뒤꿈치를 들고 아우라의 방으로 가는구나. 노크도 하지 않고 문을 열어 텅 빈 방 안으로 들어가니 원형 불빛이 침대와 커다란 멕시코풍 십자가, 그리고 문을 닫으면 네게로 올 여인을 비추고 있지.

녹색 옷을 입은 아우라가 네게로 발길을 옮기는 동안 달빛이 비단 치맛자락 사이로 뽀얀 허벅지를 비추지. 그녀가 가까이 다가올수록 넌 그녀가 이제는 어제의 소녀가 아닌 성숙한 여인이 되었다고 몇 번이나 되새겨. 너는 그녀의 손가락과 허리를 만지면서 어제의 그녀는 스무 살을 넘었을 리 없다고 생각해. 하지만 풀어 헤친 머리칼과 창백한 볼을 어루만지면서 오늘의 그녀는 마흔 살 중년 여인 같다고 생각해. 어제와 오늘 사이에 초록색 눈동자가 어딘가 굳어 있고, 붉은 입술이 거무스름해진 그녀는 이전의 자연스러움을 잃고 짐짓 즐거워 보이려고 어색한 미소를 짓는 것 같아. 너는 마치 파티오의 화초들처럼 꿀맛과 쓴맛을 번갈아 맛보는 것 같다고 느껴. 더 이상 생각할 겨를이 없어.

"펠리페 씨, 침대에 앉으세요."

"그러죠."

"우리 한번 즐겨 볼까요. 당신은 가만히 계세요. 제가 이끄는 대로 놔두세요."

침대에 앉아서 아우라를 둘러싼, 경계가 희미한 황금색 빛이 어디서부터 나오는지 보려 하지. 그 빛의 근원을 찾으려고 위로 쳐다보는 네 모습을 그녀도 보았을 거야. 그녀의 목소리를 듣고 나서야 그녀가 네 앞에 무릎을 꿇고 있다는 것을 알게 돼.

"하늘은 높거나 낮지도 않아요. 우리 바로 위에 있으면서 동시에 우리 아래 있어요."

너는 구두와 양말을 벗을 테고, 그녀는 네 맨발을 부드럽게 만져 줄 거야.

미지근한 물로 네 발바닥을 씻기고 긴장을 풀어 주지. 그녀는 두꺼운 천으로 네 발을 닦으면서 검은 그리스도 목상을 흘깃 쳐다봤지만 이내 발을 다 말리고, 네 손을 잡아끌었어. 풀어진 머리에 보라색 핀을 꽂고 나서 너를 안더니 멜로디를 흥얼거리는 거야. 너는 이 왈츠 멜로디에 맞춰 그녀와 춤을 춰. 그녀가 속삭이는 흥얼거림에 사로잡혀, 그녀가 리드하는 엄숙하고도 느린 리듬에 따라 회전하지. 반면에 그녀의 가벼운 손놀림은 너의 와이셔츠 단추를 풀어헤치고, 드러난 가슴을 애무하고선, 등을 찾아 움직이더니 가만히 멈추지. 너 역시 목젖에서부터 자연스럽게 나오는 이 멜로디를 흥얼거려. 둘은 계속 돌면서 조금씩 침상으로 다가가지. 아우라의 입술을 향한 허기진 입맞춤은 흥얼거리던 멜로디를 잠식하고, 그녀의 어깨와 가슴에 퍼붓는 성급한 입맞춤은 춤을 어디엔가 가두고 말아.

너는 텅 빈 가운을 잡고 있어. 아우라는 침대 위에 웅크리고 앉아 오므린 허벅지 사이에 무언가를 놓고 어루만지더니 손을 들어 너를 부르는 거야. 그녀는 가는 밀가루 반죽을 쓰다듬더니 두 허벅지로 그걸 깨뜨리지. 엉덩이까지 부스러기가 굴러떨어지는 건 신경도 쓰지 않고서 너에게 반쪽을 주지. 네가 그걸 받아 입으로 가져갈 때, 그녀도 똑같이 입으로 가져가지. 너는 힘겹게 그걸 삼켰어. 그리고 그녀의 벌거벗은 몸을 덮치지. 침대 한쪽 모서리에서 다른 쪽 모서리까지 쭉 뻗은 그녀의 양팔에 너의 몸을 맡기지. 침대 위에 누워서 진홍빛 천으로 하체를 가리고 무릎을 벌린 그녀는 옆구리에 있는 상처와, 머리카락 사이에서 은가루가 반짝이는 검은 가발 때문에 벽에 걸린 가시 면류관을 쓴 검은 그리스도와 흡사해. 그녀도 신성한 제단처럼 자신을 열

거야.

너는 아우라의 귓가에 대고 그녀의 이름을 중얼거려. 등으로 풍만한 그녀의 가슴을 느끼지. 너는 그녀가 네 귀에 따뜻한 입김을 불어넣으며 속삭이는 소리를 들어.

"언제까지고 저를 사랑할 거예요?"

"영원히, 아우라, 영원히 널 사랑할 거야."

"영원히라고요? 내게 맹세할 수 있나요?"

"맹세하지."

"내가 늙어도? 미모를 잃어도? 백발이 되어도?"

"내 사랑, 널 영원히 사랑할 거야."

"펠리페, 내가 죽어도 영원히 날 사랑할 거예요? 정말 죽어도 날 사랑할 거예요?"

"영원히, 항상. 너에게 맹세하지. 그 어떤 것도 너와 날 갈라놓을 수 없어."

"이리 와요, 펠리페, 이리 와요……."

깨어나자마자 너는 아우라의 등을 찾아 더듬지만 만져지는 것은 아직 온기가 남은 베개와 네가 덮고 있던 하얀 시트뿐이야.

또다시 그녀의 이름을 중얼거려.

눈을 뜨니 그녀가 침대 발치에 서서 미소를 짓고 있는 게 보여. 하지만 널 보면서 미소 짓는 건 아냐. 그녀가 방구석으로 천천히 걸어가는 걸 봐. 그녀는 바닥에 앉더니 어둠 속에서 두드러져 보이는 누군가의 무릎 위에 팔을 걸치고 있어. 넌 저 어둠 속에 무엇이 있나 궁금해. 아우라는 차츰차츰 윤곽이 드러나는 어둠 속에서 뻗어 나온 주름진 손을 어루만지더니, 네가 이 방에서 처음 보는 안락의자에 앉은 콘수엘로 부인의 발을 애무해.

콘수엘로 부인은 고개를 끄덕이며 네게 미소를 지어. 노파가 하는 것과 동시에 아우라도 고개를 흔들며 네게 미소 짓고 말이지. 그 두 사람은 네게 감사하는 표정으로 미소 지어. 너는 무기력하게 침대에 드러누워 그 노인네가 지금까지 내내 이 침실에 있었을 것이라고 생각해.

너는 그녀의 격정적인 움직임과 목소리, 그리고 춤을 되새기지.

그녀가 거기 없었을 거라고 아무리 너 자신을 타일러 보지만…….

콘수엘로는 의자에서, 아우라는 바닥에서 두 사람은 동시에 일어날 거야. 그들은 너를 뒤로하고 노파의 침실을 향해 느릿느릿 걸어서 그림들 앞에 촛불이 너울거리는 방으로 들어가. 그리고 문을 닫고 네가 아우라의 침대에서 자도록 놔둘 거야.

# 5

너는 불만스러운 채로 기진맥진해서 잠이 들지. 이 알 수 없는 우수, 횡격막을 누르는 압박감, 네 상상의 나래를 옭아매는 까닭 모를 슬픔을 꿈속에서 온전히 느끼지. 너는 고독 속에 누워 있고, 이 침대의 주인인 아우라, 네가 소유했다고 믿었던 그녀의 육체는 저 멀리 있어.

너는 깨어나 방 안에서 다른 존재를 찾아. 네가 신경 쓰는 것은 아우라가 아니라 간밤에 출현한 이중적인 어떤 존재야. 너는 관자놀이에 손을 갖다 대며 혼란스러운 정신을 가다듬으려고 해. 너를 짓누르는 슬픔은 낮은 목소리로 정체 모를 존재에 대해 기억을 더듬으라고 주문하고, 어젯밤 메마른 상상 속에 출현한 너 자신의 분신, 너의 또 다른 반쪽을 찾으라고 속삭이지.

넌 더 이상 상상하지 않아. 왜냐하면 상상보다 더 강한 무언가가 존재하기 때문이야. 바로 습관이라는 것인데 이것이 너에게 일어나라고 하고, 결국 못 찾겠지만 이 방에 딸린 욕실을 찾게 하고, 눈 비비고 밖으로 나가게 하고, 입에 텁텁하고 쓴 맛을 다시면서 2층으로 올라가게 하고, 뺨에 무질서하게 난 뻣뻣한 수염을 만지며 네 방으로 들어가게 하고, 욕조에 물을 틀어 미지근한 물속에 몸을 담그게 하고, 더 이상 생각할 것 없이 너 자신을 타성에 젖게 해.

너는 몸을 말리면서 노파와 젊은 여인이 너에게 미소 지으며 서로 껴안고 있던 것을 기억해 내. 그들은 방에서 나가기 전에도 껴안고 있었어. 그들이 한곳에 있을 때에는 항상 똑같이 행동한다는 것을 되새겨. 그들은 마치 어느 한 사람이 다른 사람을 흉내 내고, 한 사람의 의지가 다른 사람에게 종속된 것처럼 서로 껴안고, 동시에 미소 짓고, 식사하고, 말하고, 함께 들어왔다가 나가. 너는 면도를 하면서 이런 생각을 하다가 그만 뺨을 살짝 베고 말아. 너 자신만큼은 네가 통제하려고 노력해. 면도를 끝내고선 아직 한 번도 보지 못한 하인이 하숙집에서 가져다 놓은 여행 가방 안의 짐들과 플라스크 병들, 그리고 튜브 등을 살펴봐. 이 물건들을 만지고, 이름을 중얼거리고, 용법과 내용물에 대한 설명서를 읽으며, 상표 이름을 발음하기도 하지. 너는 이름도 없고, 상표도 없고, 합리적인 일관성도 없는 무언가를 잊기 위해 애써 이러한 물건들에 집착하는 중이야. 아우라가 네게 바라는 것이 무엇일까? 여행 가방을 쾅 덮으며 자문하지. 도대체 뭘 원하는 것일까?

이러한 질문에 화답이라도 하듯이 아침 식사가 준비되었다고 알리는 종소리의 둔탁한 리듬이 복도를 통해 울려 퍼지지. 넌 가슴을 드러낸 채로 문으로 걸어가지. 문을 열자 아우라가 있어. 비록 녹색 베일로 얼굴을 가렸지만 늘 그랬듯이 녹색 비단옷을 입고 있으니 아우라가 분명해. 너는 그녀의 손목을, 그 떨리는 가는 손목을 잡지…….

"아침 식사가 준비됐는데요……."

그녀는 네가 지금껏 들어 본 중 가장 낮은 목소리로 말해.

"아우라, 이제 더 속일 필요 없어."

"속이다뇨?"

"내게 말해. 콘수엘로 부인이 너를 나가지 못하게 하고, 네가 제대로 살 수 있는 걸 막고 있잖아. 그녀가 왜 거기 있었겠어? 너와 나의 은밀한 순간에……. 나와 함께 떠날 거라고 약속해 줘. 내가 일을 끝내기만 하면……."

"우리가 떠난다고요? 어디로요?"

"바깥세상으로. 우리가 함께 살기 위해. 더 이상 이모에게 매여 지낼 순 없잖아. 왜 그렇게 그 여자에게 헌신적이지? 그만큼 그녀를 좋아하니?"

"그녀를 좋아하냐고요?"

"그래. 왜 넌 그렇게도 희생하니?"

"내가 그녀를 좋아하냐고요? 그녀가 날 좋아해요. 그녀가 날 위해 희생해요."

"하지만 그녀는 산송장 같은 아주 늙은 여자일 뿐이야. 넌 그렇지 않아……."

"그녀가 나보다 더 생기가 넘쳐 나죠. 그래요, 그녀는 늙고 혐오스러워요……. 펠리페, 저는 그렇게 되고 싶지 않아요……. 그녀처럼 되고 싶지 않아요……. 다른 사람이 되고……."

"그녀는 당신을 산 채로 매장하고 싶어 해. 넌 새롭게 태어나야 돼, 아우라……."

"다시 태어나려면 먼저 죽어야 하지요……. 아니에요. 당신은 저를 이해할 수 없어요. 잊어버려요, 펠리페. 저를 믿어요."

"나한테 설명을 해 준다면……."

"저를 믿어요. 그녀는 오늘 하루 종일 나가 있을 거예요……. 그러면 당신과 저는……. "

"그 여자가?"

"네, 그녀가."

"나간다고? 하지만 한 번도……."

"그래요, 드물게 외출을 하죠. 나가는 데 힘이 들지만 그래도 외출은 해요. 오늘이 바로 그날이죠. 하루 종일……. 그러면 당신과 난……."

"함께 나갈까?"

"그래요, 원하신다면……."

"아니야, 아직은 때가 아닐지도 몰라. 난 그 일을 마치기로 계약한 몸이잖아. 일이 끝나야 나갈 수 있어."

"아, 그래요. 그녀가 온종일 나가 있으니 우린 뭔가 할 수 있을 거예요."

"뭘?"

"오늘 밤 이모의 침실에서 당신을 기다릴게요. 늘 그랬듯이 당신을 기다릴 거예요."

그녀는 뒤돌아서 종을 울리며 나갈 거야. 마치 문둥병자들이 주변 사람들을 향해 종을 치며 "비켜요, 저리 비켜요." 하며 자신을 의식 못 한 사람들에게 경고하는 것 같아. 너는 셔츠와 재킷을 입고 식당으로 향하는 종소리의 울림을 따라가. 거실을 지나가다 이 소리를 놓치고 말아. 등이 굽은 요렌테 장군의 미망인이 우둘투둘한 지팡이에 의지하며 다가오는 거야. 흰 옷을 입고 낡고 얼룩진 면사 베일을 쓰고 주름이 쭈글쭈글한 그녀는 너를 본척만척하고선 지나치지. 연신 손수건으로 코를 풀고 침을 뱉으면서 식당을 나가다가 너를 향해 중얼거려.

"몬테로 씨, 오늘 저는 집에 없을 거예요. 당신이 하는 작업을 믿어요. 계속 힘써 주세요. 남편의 비망록을 꼭 출판해야 해요."

그녀는 멀어져 갈 거야. 옛날 인형처럼 작은 발로 카펫을 밟으며 지팡이에 의지한 채, 마치 허파나 기도가 꽉 막혀 뭔가를 토해 내야 하는 듯이 침을 뱉고 재채기를 해 대며 말이야. 넌 그녀를 보고 싶지 않아. 단지 방에 있는 오래된 트렁크에서 끄집어낸 누런 웨딩드레스에 호기심이 발동할 뿐이야.

식당에서 너를 기다리다 다 식어 버린 블랙커피엔 거의 입을 대지 않았어. 노파가 집을 나가고 더 이상 놀랄 만한 일이 없으리라는 확신이 들 때까지 주변 소음이 완전히 멎기를 기다리며, 담배를 피우면서 높고 오래된 고딕풍 의자에 한 시간이나 가만히 앉아 있었어. 실은 그러는 동안 손아귀에 트렁크 열쇠를 꽉 쥐고 있었거든. 이제 너는 살금살금 거실을 지나 현관에서 멈춰 서서는 콘수엘로 부인의 방문에서 인기척이 나는지 귀 기울여. 거기서 네 시계로 15분이 넘게 기다리다가 방문을 살짝 밀자, 거미줄처럼 얽힌 신성한 빛줄기 뒤로 흐트러진 빈 침대와 그 위에서 당근을 갉아 먹는 토끼가 보이기 시작해. 침대 위에는 항상 빵 부스러기가 널려 있고, 너는 시트의 주름 사이에 체구가 작은 노파가 숨어 있지 않을까 조심하면서 침대를 만지지.

네가 구석에 놓인 트렁크로 가다가 생쥐의 꼬리를 밟자, 생쥐는 찍찍대며 구두 밑창에서 빠져나가 나머지 쥐들에게 경고하러 달려가는구나. 구리 열쇠로 무겁고 녹슨 자물쇠를 풀자 삐걱거리는 소리가 나. 자물쇠를 치우고, 뚜껑을 여는데 곰팡이 낀 경첩에서 소리가 들려. 이번에는 빨간 줄로 묶은 세 번째 원고 묶음을 꺼내 들지. 테두리가 해어진 오래되고 빳빳한 사진들이 있는데 넌 보지도 않고 그것들까지 챙겨. 넌 이 보물들을 가슴에 품고선 허기진 생쥐들의 절규도 잊고, 트렁크도 열어 두고 몰래 도망쳐, 문지방을 넘어 문을 닫고는, 복도 벽에 몸을 기댄 채 호흡을 가다듬고선 네 방으로 올라가는구나.

거기서 고뇌에 찬 한 세기를 성실하게 기록한 새 원고를 읽을 거야. 요렌테 장군은 보다 유려한 문체로 에우헤니아 데 몬티호*의 성격을 묘사해 작은 나폴레옹**에 대한 존경을 표하고, 자신이 쓸 수 있는 가장 용맹한 수식어로 프랑스와 프로이센의 전쟁을 기록하고, 패전의 고통에 대해 여러 장에 걸쳐 서술하며, 괴물 같은 공화주의자들에게 맞선 명예로운 이들을 격려하며, 불랑제*** 장군에게서 한 가닥 희망을 보고, 멕시코에 대해 근심하며, 드레퓌스 사건으로 군대의 명예가, 그놈의 명예가 간섭받았음을 개탄하고……. 그 누런 종이들은 네가 손을 대자 부스러지고 말지만, 더 이상 너는 그 내용들이 중요하다고 생각하지 않아. 이제는 초록 눈동자의 여인이 등장하는 대목을 찾을 뿐이야. "네가 가끔 왜 우는지 알아, 콘수엘로. 우린 자식을 갖질 못했어. 그게 널 화나게 만드는 거잖아……." 그리고 바로 아래에는 이렇게 적혀 있어. "콘수엘로, 주님의 뜻을 거역하려 하지 마.

---

* 나폴레옹 3세의 부인.

** 나폴레옹 3세에 대한 별칭.

*** 프랑스의 장군이자 정치인.

우리는 이 상태로 만족하며 살아야 해. 나의 사랑으론 부족한 거니? 네가 날 사랑한다는 건 알아. 그걸 충분히 느껴. 난 너에게 포기하라고 요구하지 않아. 그랬다면 너는 분노에 떨겠지. 단지 내가 원하는 건 이 지극한 사랑 속에서 네가 나만으로 충분하다고 느끼는 거야. 네가 병적인 상상에 의지할 필요 없이 우리 둘을 채워 주는 그 충만한 사랑 속에서……." 또 다른 페이지에는 이렇게 적혀 있어. "나는 콘수엘로에게 이런 음료 따위는 전혀 도움이 되지 않는다고 경고했다. 그녀는 정원에서 자신의 약초를 재배하겠다고 고집했고, 자신은 미혹당하지 않는다고 말했다. 약초가 물리적으로 그녀를 임신시키지는 않았지만 영적으로는 그랬다……." 한참 뒤에는 이렇게 적혀 있는 거야. "그녀가 베개를 끌어안은 채 정신이 나가 있는 것을 발견했다. 그녀는 '그래, 그래. 난 해냈어. 난 그녀를 만들어 낸 거야. 난 그녀를 불러낼 수 있어. 내 생명으로 그녀에게 생명을 부여한 거야.' 나는 의사를 불러야 했다. 의사는 그녀가 단순히 흥분한 게 아니라 마약에 취한 것이기 때문에 그녀를 진정할 수 없다고 말했다."

그리고 마지막에는 이렇게 적혀 있어. "오늘 새벽 복도에서 그녀가 혼자 맨발로 걸어가는 것을 발견했다. 그녀를 멈추게 하고 싶었다. 그녀는 나를 거들떠보지도 않고 지나갔지만 그녀가 내뱉던 단어들은 나를 향했다. '날 잡지 말아요. 난 나의 청춘을 향해 가고, 청춘은 내게 오고 있어요. 벌써 들어왔고, 정원에 있고, 이미 도착했어요.' ……콘수엘로, 불쌍한 콘수엘로……. 콘수엘로, 악마도 천사였지, 한때는……."

더 이상 적혀 있지 않을 거야. 거기서 요렌테 장군의 비망록은 끝나지. "Consuelo, le démon aussi était un ange, avant……."*

그리고 마지막 페이지 뒤에는 인물 사진이 있어. 군복을 입은 노신사의 사진. 그 낡은 사진 한구석에는 'Moulin, Photographe, 35 Boulevard Haussmann'**이라고 적혀 있고, 1894년이라는 연도가 보이네. 그리고 아우라의 사진. 초록 눈과 살짝 곱슬곱슬한 검은 머리를 치켜세운 그녀는 도리아 양식 기둥에 기대섰는데, 그 기둥엔 라인 강의 로렐라이 언덕 그림이 그려져 있네. 목까지 단추가 채워진 옷을 입고 한 손에는 손수건을 들고 페티코트를 입고 있어. 아우라라는 이름과 1876년이라는 연도가 흰 잉크로 적힌 이 은판사진의 접힌 뒷면에는, "Fait pour notre dixième anniversaire de mariage."***라고 "콘수엘로 요렌테"라는 서명과 같은 필체로 적혀 있어. 이번엔 아우라가 노인과 함께 찍은 사진을 보는데, 외출복 차림으로 어느 정원 벤치에 둘이 앉아 있어. 이 사진은 조금 지워졌는데, 아우라가 첫 번째 사진만큼 젊어 보이지는 않지만 그래도 그녀가 맞아. 그런데 그 노인은 말이지…… 바로 너야.

너는 이 사진들에서 눈을 떼지 않은 채, 그것들을 채광창 쪽으로 들어올려. 한 손으로 요렌테 장군의 흰 수염을 가리고선 거기에 검은 머리를 대입해 상상해. 너는 너 자신을 지우고 잃어버린 채 살아왔지. 하지만 바로 너야. 너란 말이야.

축축하고 향이 진한 화초들의 색깔과 촉감, 그리고 향기에 보태서 멀리서 들려오는 왈츠 리듬의 폭포 속에 빠져 버린 너는 현

* 콘수엘로, 악마도 천사였지, 한때는…….

** 물랭, 사진기사, 하우스만 대로 35번지.

*** 우리의 결혼 10주년을 기념하며 찍음.

기증이 날 지경이야. 기진맥진해서 침대 위로 쓰러지고선 마치 보이지 않는 어떤 손이 네가 27년간 간직해 온 가면을 벗기기라도 하듯 너는 네 턱과 눈과 코를 만져. 네가 한때 가졌던 진짜 얼굴을 사반세기 동안 덮고 있던 이 고무와 종이 얼굴. 바람이 네가 원하고 너를 위한 얼굴을 앗아가지 못하게 베개에 고개를 파묻고 있어. 두 눈을 뜨고 얼굴을 베개에 묻은 채 피할 수 없이 곧 다가올 그 무엇을 기다리지. 너는 이제 다시 시계를 보지 않을 거야. 그 쓸모없는 물건은 인간의 허영심에 맞게 조정되어 거짓 시간을 재고, 지겹도록 긴 시간을 표시하는 바늘들도 진정한 시간, 즉 모욕적이고 치명적으로 흘러서 그 어떤 시계로도 잴 수 없는 시간을 속이는 것에 불과해. 한 평생, 한 세기, 반백 년. 이제 네가 이러한 거짓된 기준을 상상하는 건 불가능할 거야. 이제 네가 실체도 없는 먼지 같은 것을 손아귀에 쥔다는 건 불가능할 거야.

네가 베개에서 얼굴을 뗐을 때 어둠이 네 주변에 엄습했음을 알 거야. 밤이 온 거야.

밤이야. 저 높은 유리창 너머로 먹구름이 속력을 내며 지나가. 구름은, 자신을 증발시키려 하고 창백하게 웃는 달이 둥근 얼굴로 흘리는 불투명한 빛을 찢어 버려. 하지만 어두운 수증기가 내뿜는 빛이 약해지기 전에 달은 스스로를 드러낼 거야.

이제 넌 더 이상 기다리지 않을 거야. 그리고 더 이상 시계도 보지 않겠지. 해묵은 원고와 빛바랜 은판사진과 함께 창살 속 감옥에서 벗어나기 위해 계단을 따라 재빨리 내려가. 복도를 따라 내려가다 콘수엘로 부인의 방문 앞에 잠시 멈춰 설 거야. 너무 오래 말을 안 한 나머지 네 목소리가 잠겨서 변했다는 사실을 알게 돼.

"아우라……."

다시 반복해서 불러 볼 거야.

"아우라……."

너는 침실 안으로 들어갈 거야. 촛불이 꺼져 있겠지. 넌 노파가 하루 종일 집을 비웠다는 사실을 기억해 내지. 그녀가 물론 신앙심이 깊은 사람이긴 하지만 미처 신경을 쓰지 못해 양초가 소진되었다는 사실을 발견해 내겠지. 넌 어둠 속에서 침대로 다가갈 거야. 그러고는 다시 부르겠지.

"아우라……."

쿠션 위로 비단 치맛자락이 살짝 스치는 소리, 네 숨소리와 함께 누군가의 숨소리가 들릴 거야. 너는 팔을 뻗어 아우라의 녹색 잠옷을 만지려 할 거야. 그러고는 아우라의 목소리를 듣겠지.

"안 돼요……. 나를 만지지 마세요……. 그냥 제 곁에 누워요……."

너는 침대 모서리를 짚은 채 두 다리를 들고 누워서는 꼼짝 못해. 하지만 온몸이 떨리는 건 피할 도리가 없어.

"그녀가 언제 돌아올지 모르겠지……."

"그녀는 이제 돌아오지 않을 거예요."

"다시는?"

"난 이제 진이 빠졌어요. 그녀도 기진맥진했죠. 나는 사흘 이상 그녀 곁에 있어 본 적이 없어요."

"아우라……."

너는 아우라의 가슴에 손을 얹고 싶겠지만 그녀는 등을 돌릴 거야. 그녀의 목소리가 새삼스레 멀어지는 걸 느끼지.

"안 돼요……. 날 만지지 말아요……."

"아우라…… 널 사랑해."

"그래요, 당신은 날 사랑하죠. 날 항상 사랑할 거예요. 어제 말했죠……."

"널 영원히 사랑할 거야. 너의 키스와 너의 육체 없이 난 살아갈 수 없어……."

"얼굴에 키스해 줘요. 얼굴에만."

네 곁에 기댄 얼굴에 입술을 갖다 대고, 다시 한 번 아우라의 긴 머리카락을 애무할 거야. 그녀의 날카로운 불평은 아랑곳하지 않고 연약한 여인의 어깨를 매몰차게 잡을 거야. 그녀가 걸친 비단 가운을 잡아채고 그녀를 안아. 네 품에서 작고 벌거벗은, 힘없이 스러질 것 같은 그녀를 느껴. 그녀의 신음 섞인 저항과 무기력한 울음도 무시하고 아무런 생각도 경황도 없이 그녀 얼굴에 입을 맞출 거야. 그녀의 처진 젖가슴을 만지는데 한줄기 빛이 아스라이 들어오자, 너는 깜짝 놀라 그만 얼굴을 떼고, 달빛이 새어 드는 벽의 틈을 찾아. 생쥐가 갉아 먹은 눈 모양 틈에서 은빛이 새어 들어와 아우라의 백발과 창백하고 메말라 양파 껍질처럼 푸석푸석하고 삶은 살구마냥 주름진 얼굴을 비춰. 이제까지 키스해 온 살집 없는 입술과 네 앞에 드러난 치아 없는 잇몸에서 너는 입술을 뗄 거야. 달빛에 비친 늙은 콘수엘로 부인의 흐느적거리고, 주름지고, 작고, 오래된 나체를 보지. 네가 만져 주고, 사랑해 주고, 또한 돌아와 줘서 그녀는 가볍게 전율해…….

너는 눈을 뜬 채로 콘수엘로의 은빛 머리카락에 얼굴을 묻을 거야. 달이 구름에 가려 앞이 안 보이고 두 사람 역시 어둠 속에 가려 젊은 시절의 추억, 되살아난 기억의 어느 순간으로 대기 중에 이끌려 갈 때 그녀는 다시 너를 끌어안을 거야.

"돌아올 거예요, 펠리페, 우리 함께 그녀를 데려와요. 내가 기운을 차리게 놔두세요. 그러면 그녀를 다시 돌아오게 할 거예요……."

# 나 자신을 읽고 쓰기에 관하여
## — 나는 『아우라』를 어떻게 썼는가

하나, 그렇다, 스무 살의 한 소녀, 지금으로부터 22년 전인 1961년 여름, 그녀는 라스페일 대로 옆 한 아파트의 작은 응접실 문지방을 넘어 내가 기다리고 있던 침실 안으로 들어왔다.

당시 프랑스 수도에서는 불만이 들끓었고 무언가 폭발할 것 같은 기운이 감돌았다. 드골 대통령이 알제리 문제에 대한 해결책을 찾고 있었고, 비밀 군사 조직 OAS는 장폴 사르트르와 그의 경호원에게 무차별적인 공격을 가할 때였다. 이 사조직 장군들은 폭탄 테러도 마구잡이로 감행했다.

하지만 파리는 이중적인 도시다. 무슨 일이 일어나든 또다시 지금 여기서 재현될 거란 환상이 있었다. 우리는 곧 이것이 일종의 속임수라는 것을 알게 되었다. 파리 사람들은 실내장식의 거울들로 단순히 특정한 공간을 재현할 뿐 아니라 더 많은 공간을 창출했다. 가브리엘 가르시아 마르케스는 파리 사람들이 거울들을 군대식으로 배열해 비좁은 아파트를 실제 크기보다 두 배

정도 크게 보이게 한다고 말한다. 마르케스와 내가 아는 진짜 미스터리는 우리가 그 거울로 바라보는 환영 속에서 항상 다른 시간, 지나간 시간 혹은 아직 오지 않은 시간을 느낀다는 것이다. 그리고 만약 행운이 따라 준다면, 당신은 다른 사람이 되어 은빛 호수를 떠다닐 수도 있다는 것이다.

나는 파리의 거울들이 그들 자신의 환상을 넘어 다른 무언가를 내포한다고 믿는다. 동시에 그것들은 도시의 불빛처럼 만질 수 없는 무언가에 대한 반영이다. 그 빛은 내가 여러 차례 묘사하고자 했던 것이다. 1968년 5월과 1981년 5월에 대한 정치적 연대기에서와 『머나먼 관계들』 같은 소설에서 묘사한 파리의 빛은 동일한데, "매일 오후의 기대…… 신비한 한순간을 위해, 비가 오거나 안개가 끼거나, 뜨겁게 덥거나 눈이 올 때와 상관없이, 장 밥티스트 카미유 코로의 그림 속 풍경처럼, 일드프랑스 지역* 본연의 빛처럼 한낮의 현상은 흩어지고 또한 나타난다."

또 다른 공간. 또 다른 두 번째 사람은 거울 안에서 태어나지 않았다. 그녀는 빛으로부터 왔다. 20년도 더 지나, 뜨거웠던 9월 초 어느 날 오후, 응접실에서부터 침실까지 서성이던 그녀는 다른 사람이었다. 멕시코에서 사춘기 소녀로 나와 처음 만난 때부터 벌써 6년이란 세월이 흘렀기 때문이다.

그러나 그녀는 또 다른 의미에서 다른 사람인데, 그날 오후의 빛이 마치 그녀를 기다렸다는 듯 구름의 암초를 물러나게 했기 때문이다. 내가 기억하는 그 빛은 여름날 폭풍우의 협박을 피해 몰래 훔치듯이 수줍게 첫걸음을 떼었다. 그러고선 스스로 구름

* 우리나라의 경기도에 해당하는 프랑스의 수도권 지역.

껍데기 안에서 빛나는 진주로 변했다. 결국 그 빛은 몇 초 동안 충만하게 넘쳤으며, 그것은 동시에 하나의 고통이었다.

거의 순간적인 연속성 속에서, 내가 열네 살 때의 모습을 기억하는 소녀는 이제는 스무 살이 되어 창유리를 통해 들어오는 빛처럼 동일한 변화에 고통받았다. 응접실과 침실 사이의 문지방은 모든 나이의 소녀에게 똑같이 해당한다. 구름과 맞서 투쟁하던 빛은 또한 그녀의 육체와 겨뤄, 그녀에게서 육체를 가져가 스케치를 하고는 대신 세월의 그림자를 주고, 눈 안에 죽음을 새겨 놓고, 입술에서 미소를 앗아간 후, 쇠잔한 광기를 피어나게 하며 그녀의 머리칼을 바래게 하였다.

그녀는 다른 사람이 되었다. 그녀는 이미 다른 사람이었고, 그녀가 되고자 하는 사람이 아닌 늘 그래 왔던 그녀가 되었다.

빛은 그녀를 소유해 나보다 먼저 그녀와 사랑을 나누고 말았다. 단지 나는 그날 오후에 "사랑의 제국에 들어간 낯선 방문객"에 불과했고, 스페인 바로크 시인 케베도를 연이어 인용하자면 사랑의 눈빛은 우리를 "아름다운 죽음"과 함께 바라본 것이다.

다음 날 아침 나는 베리(Berry) 거리에 있는 호텔 근처 카페에서 『아우라』를 쓰기 시작했다. 나는 그날을 기억한다. 그날 흐루시초프는 모스크바에서 20년 계획을 갓 낭독했다. 그는 지금 우리가 사는 1980년대까지 공산주의와 함께 국가가 사라지고 서방세계가 몰락할 것이라 전망했다. 그의 선언은 《인터내셔널 헤럴드 트리뷴》에 잿빛 묘사와 함께 실렸는데, 유령 같은 소녀들과 열정이라는 짧은 감옥에 갇힌 젊은 연인들과 『아우라』의 저자인 죽은 소녀들이 거리에서 그 신문을 팔았다.

둘, 그렇다, 2년 전 프로비던스 거리에 있는 루이스 부뉴엘의 집에서 우리는 술을 마시며 케베도를 이야기했다. 스페인 영화감독 부뉴엘은 이 시인에 대해 17세기 바로크 시 전공자보다도 잘 알았다.

물론 이미 눈치챘겠지만, 『아우라』의 진짜 작가는 (내가 언급한 죽은 소녀들을 포함해) 1580년 9월 17일 마드리드에서 태어나서 1645년 9월 8일 비야누에바에서 사망한 프란시스코 데 케베도이다. 그는 스위프트의 풍자적이고 종말론적인 형제이자, 셰익스피어나 존 던에 비할 만큼 아름다운 사랑과 죽음의 시인이고, 동시대 스페인 시인 공고라의 적이자 오수나 백작의 정치적 대리인이었다. 불행하게도 추락한 권력의 지지자로 감옥살이를 해야 했던, 난봉꾼이자 성자 케베도는 스스로 만든 금욕의 탑에서 꿈꾸고 깔깔거리고 탐구하며 스페인어 속에서 진정한 불멸의 시구를 찾다가 죽고 만다.

아, 죽어야만 하는 조건이여, 아, 가혹한 운명이여,
내일을 살기 위해 아무런 희망도 가질 수 없소.
나의 죽음을 기다리는 연금 없이는 말이오.

아마도 이 시구는 사랑을 정의할 것이다.

이것은 불타오르는 얼음이자 얼어 버린 불,
고통을 주는 상처지만 느낄 수 없는 것,
이것은 꿈꾸는 즐거움이자 사악한 현재,
매우 피곤한 짧은 휴식이라네.

그렇다. 『아우라』의 진짜 작가는 케베도이다. 그리고 나는 그를 대변하기 위해 이곳에 있어 기쁘다.

이것은 시간의 큰 이점이다. 이른바 '작가'라는 이름은 그 이점을 중지시켰다. 작가는 드러나지 않은 대리인으로 책에 서명하고, 그것을 출판하고, 저작권료를 수집하고 앞으로도 그럴 것이다. 하지만 텍스트는 과거에도 앞으로도 다른 사람들이 써 왔고 쓰일 것이다. 케베도와 이제는 "사랑이 담긴 먼지"가 되어 버린 소녀가 바로 그들이다. 부뉴엘과 멕시코시티에서 보낸 어느 오후는 파리의 오후와 매우 달랐다. 하지만 마찬가지로 1959년의 오후와 오늘날 멕시코시티의 오후 역시 매우 다르다.

인수르헨테스 거리를 운전해 내려가면 연기 나는 포포카테페틀 산과 잠자는 소녀 형상인 이츠사시우아틀 산이라는 두 화산을 볼 수 있었다. 그리고 부뉴엘 집 코너에 있는 큰 백화점이 그때는 아직 세워지지 않았다. 부뉴엘 자신은 유리 파편으로 뒤덮인 작은 수도원의 높은 벽돌담 뒤에서 「나자렛 사람」(1958)과 함께 멕시코 영화판으로 돌아왔고, 18세기 바다에서 재난을 이겨낸 생존자들에 대해 묘사한, 루브르 박물관에 전시된 테오도르 게리코의 그림 「메두사의 뗏목」을 영화화하는 오랜 구상을 작업 중이었다.

메두사 호 생존자들은 처음 뗏목을 타고 떠다닐 때, 선량한 시민처럼 행동하려고 노력했다. 하지만 시간이 지나도 이 상태가 영원히 지속될 것만 같았고, 바다에 감금된 이들은 난폭하고 무례해져 점차 소금에서 파도, 나중에는 상어처럼 변해 버렸다. 서로를 삼켜 버린 끝에 몇몇만이 살아남았다. 그들은 서로를 제거하기 위해 서로를 필요로 했다.

메두사의 끔찍한 응시에 대한 영화적 해석은 「절멸의 천사」(1962)에서 드러나는데, 이 작품은 부뉴엘의 가장 아름다운 영화 중 하나이다. 이 영화는 지금껏 무엇 하나 아쉬울 것 없이 살아온 사람들이 사교 모임을 하던 중, 아무도 이 우아한 살롱에서 빠져나갈 수 없다는 기묘한 사실을 알게 된다는 설정이다. 살롱의 문지방 너머는 심연이고, 이들은 서로를 제거해야만 한다. 프로비던스 거리의 조난자들은 서로를 잡아먹기 위해 서로를 필요로 할 뿐이다.

부뉴엘 영화에서 필요성이라는 테마는 매우 의미가 깊고 지속적으로 나온다. 또한 그의 영화에서는 남자와 여자, 아이와 미치광이, 성자와 죄인, 범죄자와 몽상가, 고독과 욕망이 서로를 필요로 하는 것이 반복된다.

부뉴엘은 「절멸의 천사」를 만들 때, 늘 그랬듯이 자기 집 응접실과 바 사이를 끊임없이 오가며, 어느덧 늙은 투우사 카간초의 일행에게 연금을 받게 된 창 기수와 같은 존재를 온 세상을 뒤지며 찾아 다녔다. 끊임없이 오가는 부뉴엘은 한편 가만히 멈춘 것만 같았다.

> 내가 온 세상을 돌 때마다
> 뜨거운 화염의 위협을 본다.
> 그리고 그 어느 곳에서나
> 냉담한 고통과 조롱하는 욕망을 느낀다.

우리가 케베도에 대해 이야기할 때 살바도르 달리가 1920년대에 그린 젊은 부뉴엘의 초상화는 우리를 노려보았고, 엘뤼아르의 시구절은 투명한 공기와 구운 토르티야 냄새, 갓 재배한 고추와 사라지는 꽃 같은 먼 멕시코 오후의 정신을 투영하며 내 의식의 표면으로 떠올랐다. "시는 서로 주고받는 것이어야 한다." 그리고 부뉴엘이 게리코와 케베도, 그리고 영화에 대해 생각할 때, 나는 메두사의 뗏목에는 이미 돌이 되어 버린 눈 두 개가, 스크린의 반사된 그림자라는 허구에서만이 아니라 프로비던스 거리의 조난자들에게마저 진정한 감옥이라 할 수 있는, 카메라의 물리적이고 기계적인 현실 속에서 「절멸의 천사」의 인물들을 함정에 빠지게 한다고 생각했다. 시인 로트레아몽이 우산과 재봉틀의 시적인 만남을 위해 해부용 테이블 위에 카메라를 놓지 말라는 법이 어디 있겠는가.

부뉴엘은 응접실과 바 사이에서 멈추고는 큰 소리로 물어봤다. "우리가 만약 문지방을 건너가는 것만으로 젊음을 즉시 되찾을 수 있다면, 그리고 만약 우리가 문의 한쪽에서는 늙어가고, 또 다른 쪽으로 건너자마자 다시 젊어진다면……?"

셋, 그렇다, 사흘이 지난 후, 나는 내 친구들, 그중에서도 훌리오 코르타사르가 특히 열광하는 일본 감독 미조구치 겐지의 영화 「우게쓰 이야기」(1953)를 보러 라스페일 대로에 갔다. 나는 샹젤리제 근처 카페에서 크루아상과 모닝커피가 식는 것도 모르고 조간신문 《피가로》의 머리기사도 잊은 채로 몰두해서 쓴 『아우라』의 도입부 몇 페이지를 가지고 다녔다. "너는 광고를 읽어. 이런 광고는 날마다 볼 수 있는 것이 아니야. 너는 곱씹어 읽어 보지. 바로 그 누구를 위한 것이 아니라 너를 위한 광고야."

멕시코에서 부뉴엘과의 만남, 파리의 빛에 갇힌 소녀와의 만남, 그리고 얼어붙은 불, 타오르는 얼음, 아프지만 아직 느껴지지 않는 상처, 욕망이 구현한 행복, 사랑이라고 주장하지만 욕정이 앞섰던 현재적 사악함 속에서 케베도와의 만남은 "너는 다른 사람"이라는 상상적 토대 때문에 가능했다. 미조구치의 영화는 우르술리네스 극장에서 상영했는데 신기하게도 이곳은 30년 전 부뉴엘이 「안달루시아 개」를 처음 발표해서 많은 관객들이 놀랐던 바로 그 영화관이다. 구름이 달을 가른 것과 동시에 부뉴엘이 영화에서 소녀의 눈을 면도칼로 베어 낼 때, 화면 밖에서는 기절한 여성 관객들을 옮기기 위해 적십자 간호사가 복도에서 대기해야 했던 것을 여러분은 기억할 것이다.

미조구치의 스러져 가는 이미지들은 아름다운 사랑 이야기를 담는데 이는 우에다 아키나리가 18세기에 쓴 『우게쓰 이야기』 중 「잡초 속의 폐가」를 각색한 것이다. 아키나리는 1734년 소네사키의 홍등가에서 게이샤의 사생아로 태어났다. 그는 네 살 때 후추와 기름을 파는 상인에게 입양되어 사랑과 관심을 받으며 자랐지만, 그리움과 파멸에 대한 예민한 감각도 물려받았다. 이 행복한 상인은 장사를 했기 때문에 과거의 군사적 전통에서도 자유로울 수 있었다. 아키나리는 천연두에 걸렸는데 아마 그의 양모도 천연두에 감염되었기 때문에 살아남을 수 있었던 것 같다. 양모는 죽고 그는 손이 마비되었는데 여우의 신 이나리가 그에게 붓을 잡도록 허락하여 그는 먼저 서예가가 되었고 후에 작가가 되었다.

처음에 그는 번창하던 사업을 상속받았지만 화재가 나서 접어야 했다. 그러자 그는 의사가 되었다. 그가 치료하던 어린 소녀가 죽고 말았지만 소녀의 아버지는 여전히 그를 신뢰했다. 결국 그는 의사직도 포기했다. 그는 단지 손이 불편한 작가가 되거나 자신의 이야기 속에 나오는 불운과 가난과 질병과 실명 속에서 고통받는 작중인물처럼만 살 수 있었던 것이다. 고아였던 아키나리는 말년에 절간이나 친구 집에 얹혀서 구걸하며 살아간다. 그는 박식한 사람이었고, 결코 자살하지 않고 1809년까지 살다 죽는다.

부상당한 손을 여우 신이 기적처럼 치료해 줘서 아키나리는 붓을 잡을 수 있었고 다양하고도 독특한 이야기를 남겼다.

'독창성'은 지속적으로 자신의 탄생을 새로운, 언제나 새로운, 그 무엇으로 보고자 하는 근대의 병이다. 또한 근대성이란 오직 죽음에게만 말을 건네는, 유행하는 허상이다.

이것은 19세기 이탈리아 시인이자 수필가인 지아코모 레오파르디의 위대한 대화들 중 한 주제이다. 레오파르디를 읽어 보라. 그는 신비로운 인물이다. 나는 1981년 겨울 그의 작품을 흥미롭게 읽었고 그러다 이듬해 봄 뉴욕에서 수잔 손탁을 만났다. 그녀는 12월 어느 날 새벽에 로마에서 레오파르디를 읽다가 깜짝 놀랐다고 한다. 레오파르디는 아키나리처럼 유약했으나, 그와는 달리 허상에서 깨어난 낭만주의자에서 염세적 유물론자로 변했다. 아마도 그는 인류에게 "허영심 없이는 모든 것이 고통"임을 알았기 때문에 이탈리아어로 가장 강렬하고 서정적이며 경이로운 구절을 쓰면서, "희망이 사라졌지만 절망은 그대로 남아 있을" 때 우리에게 인생이 불행할 수 있다고 말하는 것이다. 같은 이유로 그는 패션과 죽음이 나누는 신랄한 대화를 쓸 수 있었다.

패션 : 죽음이여! 죽음이여!

죽음 : 당신의 시간이 오면 좋겠소. 그래야 당신이 나를 더 이상 부를 필요가 없겠지요.

패션 : 나의 죽음이여!

죽음 : 지옥에나 가시오! 당신이 나를 더 이상 바라지 않을 때 당신을 찾으러 가겠소.

패션 : 하지만 나는 당신의 자매, 패션이에요. 우리 둘 다 데카당스의 딸이란 걸 잊었나요?

고대인들은 다른 말들로부터 이어져 오지 않는 말이 없다는 것과, 상상력이 권력과 서로 닮은 이유는 둘 다 무(無) 위에 군림할 수 없기 때문이라는 것을 알았다. 무를 상상하거나, 무 위에 군림할 수 있다고 믿는 것은 광기를 증명하는 가장 확실한 근거에 불과하다. 아무도 이것을 암흑의 핵심에 있는 조셉 콘라드나 어둠 속에 누워 있는 윌리엄 스타이런만큼 잘 알지 못했다. 죽음이 아니라 격리를 통해 죄의 대가는 치러진다.

아키나리는 1454년을 배경으로, 가난한 데다 밭일에도 재주가 없어 늘 놀림받던 젊은이 가츠시로가 도시 상인이 되어 재산을 모으기 위해 떠나는 이야기를 들려준다. 그는 젊고 아름다운 아내 미야기에게 낙엽이 떨어질 때 돌아오겠노라고 약속하며 갈대숲 옆에 있는 집을 맡기고 떠난다.

몇 달이 지나도 남편은 돌아오지 않고 그녀는 "아무도 내일을 기약할 수 없다는 세속의 법"에 복종한다. 15세기 아시카와 쇼군이 이끈 내전은 남편과 아내의 재회를 불가능하게 만든다. 사람들은 오직 생명을 부지하는 데만 신경 쓴다. 노인들은 산속에

숨고 젊은이들은 군대에 강제징용된다. 모든 게 불타고 약탈당한다. 혼란이 세상을 장악하고 인간의 마음은 황폐해진다. 저자는 이 이야기가 자신의 경험에서 나왔다는 것을 상기시키면서 "그 불행한 100년 동안 모든 것이 폐허 속에 있었다."고 술회한다.

가츠시로는 성공하여 가까스로 교토로 옮겨가서 우선 그곳에 정착한다. 미야기에게 작별을 고한 지 7년이 지나 집에 돌아가려고 하지만, 정치적 장벽은 무너지지 않았고 산적의 습격도 사라지지 않았다는 것을 알게 된다. 그는 오래된 신화에서처럼, 돌아갔다가 폐허가 된 집을 발견할까 봐 두려워한다. 그는 열병에 사로잡히고, 7년이란 세월이 마치 꿈만 같다. 신랑은 신부 역시 시간의 포로가 되어, 자신이 그러하듯이 손을 뻗어 사랑하는 사람의 손가락을 만질 수 없으리라고 생각한다.

민심이 흉흉하고 시체들이 거리에 쌓였지만, 그는 그 시체들을 따라 걷는다. 그도 죽은 자도 영원할 수 없다. 죽음의 첫 번째 형태는 시간의 대답, 즉 망각이다. 가츠시로는 어쩌면 아내가 이미 죽어서 지하 세계의 주민이 되었을지도 모른다고 생각한다.

그러므로 결국 가츠시로를 고향으로 이끄는 것은 죽음이다. 아내가 죽었다면, 그는 우기의 달빛을 받으며 그녀를 위한 제단을 지을 것이다.

그는 황폐한 고향으로 돌아간다. 자신의 집을 알아보게 해 주던 소나무는 번개에 맞은 뒤였다. 그러나 집은 여전히 그곳에 있다. 가츠시로는 등에서 비추는 빛을 본다. 그의 집에는 이제 이방인이 사는가? 가츠시로가 문지방을 넘을 때, 아주 오래된 음성이 "거기 누구세요?"라고 묻는다. 그는 "나요, 내가 돌아왔소."라고 대답한다.

미야기는 남편의 목소리를 알아챈다. 그의 곁으로 다가가는 그녀는 검은 옷을 입고, 먼지를 뒤집어쓰고, 푹 꺼진 눈에, 머리를 묶어 뒤로 내려뜨리고 있다. 이미 그녀는 예전 모습이 아니었다. 하지만 남편을 보자마자 아무 말도 못 하고 울음을 터뜨린다.

둘은 함께 침상으로 가고, 그는 자신이 이렇게 늦게 돌아온 이유를 설명한다. 그녀는 세상이 공포로 가득했지만, 자신은 헛되이 기다려 왔다고 대답한다. "제가 만약 당신과 다시 만나기를 바라면서 사랑 때문에 죽었다면, 당신이 절 방치해서 생긴 상사병 때문이었을 거예요."라고 그녀는 결론을 내린다.

그들은 서로 껴안고 깊이 잠이 든다. 날이 밝고, 흐릿한 찬 기운이 가츠시로의 꿈속에서 무의식 세계를 관통한다. 뭔가가 곁에서 떠다니는 소리에 그만 깨고 만다. 한 방울씩 그의 얼굴 위로 차가운 액체가 떨어진다. 아내는 더 이상 그의 곁에 누워 있지 않았다. 그녀가 눈에 보이지 않는다. 그는 그녀를 다시는 보지 못할 것이다.

가츠시로는 장뇌밭 한가운데서 숨어 있는 옛 하인을 발견한다. 하인은 그에게 진실을 말해 준다. 미야기는 이미 여러 해 전에 죽었다. 그녀는 끔찍하고 위험한 전쟁 통에도 마을을 떠나지 않은 유일한 여자였다. 남편과 올가을에 다시 한 번 만날 거라고 약속했기 때문이다. 산적들만 그의 집을 침략한 게 아니다. 유령들 또한 이곳을 거처로 삼았다. 어느 날 미야기는 유령들 속에 합류한다.

미조구치의 이미지는 아키나리의 이야기와 유사하지만 다르다. 오늘날 영화 제작자는 한때 게이샤였지만 처녀보다 더 큰 민음으로 남편에게 순결을 증명해야 하는 미야기를 등장시켜, 일종의 부정한 페넬로페로 변형해 덜 순수한 이야기로 만들었다.

가마쿠라 군대의 우에스기 사령관이 마을을 침략했을 때, 미야기는 자신을 보호하기 위해 자살한다. 병사들은 그녀를 정원에 묻고, 남편이 언젠가 돌아왔을 때 그가 영적 세계를 볼 수 있는 신통력을 되찾아 죽은 아내를 보고 만질 수 있게 해 달라고 늙은 마녀에게 간청한다.

넷, 아니, 미조구치의 영화를 보고 『아우라』를 쓴 지 4년 후, 나는 라파엘 알베르티, 마리아 데레사 레온 등 스페인 시인들에게 이끌려 간 로마 트라스테베레의 오래된 책방에서 아사이 료이가 1666년에 쓴 일본 설화 『오토기보코(御伽婢子)』의 이탈리아 번역본을 발견했다. 앞의 이야기들과 비슷한 「게이샤 미야기노」가 아키나리의 이야기보다 200년 전, 미조구치의 영화보다 300년 전에 이미 나왔다는 것을 거기서 발견했을 때 나의 놀라움은 실로 대단했다. 이 이야기는 시체 성애라는 주제로 마무리된다.

율리시스와 같이 귀환한 영웅, 망각의 능력을 회복한 위대한 그는, 자신의 구체화된 욕망이자 자신에게 충실하겠다고 맹세한 게이샤 미야기노를 되돌리기 위해 마녀를 이용하지 않는다. 그는 무덤을 열고는 수년간 죽은 채 누워 있는 아내가 마지막으로 봤을 때만큼 아름다운 것을 발견한다. 미야기노의 유령은 사별한 남편에게 이 이야기를 들려주기 위해 돌아온다.

나는 『아우라』와 통할 것 같은 이 이야기에 자극을 받아서 부뉴엘에게 돌아갔다. 그는 파리의 국립도서관에서 교부학과 중세 이교들에 대한 아베 미그네의 180편에 달하는 논문을 읽으면서, 자신의 영화 「은하수」의 대본을 준비하고 있었다. 나는 그에게 그 서지학적 성역에 들어갈 자격을 주선해 달라고 부탁했는데, 덧붙이자면 도서관에 들어가는 것은 15세기 일본 처녀의 순결이나 게이샤의 시체보다 더 뚫기 힘든 일이었다.

참고로 앵글로색슨계 도서관들은 누구에게나 개방되어서, 옥스퍼드나 하버드 혹은 프린스턴이나 다트머스의 책장에서 책을 찾아 집으로 가져가 어루만지고, 읽고, 내용을 필기하고, 돌려주는 것보다 더 쉬운 일은 없다. 반면 라틴계 도서관에 접근하는 것보다 어려운 것도 없다. 예상 독자는 병적 도벽 용의자이고, 유죄 선고를 받은 방화범이자, 공인된 예술 파괴범이다. 파리, 로마, 마드리드 혹은 멕시코시티에서 책을 찾는 사람이라면 책이란 읽기 위한 것이 아니라 보관하기 위한 것이며, 희귀하고, 쥐들의 만찬을 위한 것임을 곧 알게 될 것이다.

부뉴엘의 「절멸의 천사」에서 부정한 아내가 애인인 대령에게 도서관에서 은밀히 만나자고 요청하는 것도 놀라운 일이 아니다. 남편이 도착하면 어떡하지? 조심성 많은 애인이 묻자 그녀는 대답한다. 내가 당신에게 오래된 판본을 보여 주고 있었다고 말하면 돼요.

스페인 소설가 후안 고이티솔로가 『훌리안 백작의 회복』으로 스페인 서점가를 강타했을 때, 그가 바로크 극작가 로페 데 베가와 작가 아소린이 나오는 페이지로 뚱뚱한 초록색 파리를 누르면서 자투리 시간을 보냈던 것도 놀랍지 않다.

그러나 파리의 국립도서관, 그 서지적인 레벤워스*로 돌아가

* 미국 캔사스 주의 도시. 안나 캐서린 그린의 『레벤워스 사건(*The Leavenworth Case*)』(1878)은 미국 최초의 베스트셀러 탐정소설에서 따옴.

자. 부뉴엘이 어쨌든 나를 들여보내 줬고 나는 발각될까 봐 두려워하며 『오토기보코』의 선구적인 일본 작품을 어둠 속에서 더듬더듬 찾았다. 그 이야기들은 내가 『아우라』의 형식과 의도를 모색하던 1961년 9월 초, 파리에서 보았던 미조구치 영화에 영감을 준 아키나리의 비 온 후 달의 이야기들(『우게쓰 이야기』)의 선조이다.

이 세상에 아비 없는 책, 고아인 책이 있는가? 어떤 책의 후손이 아닌 책이? 인류의 문학적 상상력이 이룬 거대한 가계도에서 벗어난 단 한 페이지라도 있는가? 전통이 없는 창조가 가당키나 한 일인가? 하지만 거꾸로 말해 재생, 새로운 창조, 즉 끝없는 이야기 속에서도 새로 돋는 푸른 잎사귀 없이 전통이 생존할 수 있겠는가?

나는 그때 이 이야기의 최종 출처가 중국 명나라 소설 『전등신화』의 「애경전(愛卿傳)」이라는 것을 알아냈다.

하지만 내가 미조구치의 죽은 신부에게서 아우라의 자매를 찾고, 라스페일 대로 옆 아파트에서 아주 오래된 빛 때문에 좌절한 젊음의 이미지가 아우라의 어머니라고 나 자신에게 말하고, 마찬가지로 멕시코시티 델바예의 자기 집에서 응접실과 바 사이의 문지방을 건너며 상상하고 욕망한 것에서 아우라의 아버지가 왔다고 나 자신을 미혹할 때, 과연 내가 파리의 영화관에서 본 이야기의 '최종 출처'가 될 만한 것이 있겠는가?

내가 혹은 그 누구라도 「애경전」을 넘어, 이 이야기의 결말에 빠지게 되는 거품이 나는 샘을 넘어, 다양한 출처로 갈 수 있을까? 중국 문학의 가장 오래된 전통, 가령 초자연적인 처녀, 불행을 부르는 여자, 유령 신부, 다시 만나는 부부라는 반복되는 방

대한 이야기가 처음 흘러나온 몇 세기 전 기원을 알 수 있을까?

나는 이 질문에 부정적으로 대답할 것을 알지만, 그때 동시에 일어났던 사건들은 아우라가 마녀들의 혈통을 이어받아 이 세상에 왔다는 나의 원래 가설을 뒷받침해 줄 뿐이었다.

다섯, 적어도 마녀 다섯 명이 의식적으로 아우라를 돌보는데, 베리 거리 근처 카페에서 내가 초안을 쓰던 날들에 그들은 이 세계의 긴박하고 즉각적인 사건들 때문에 다소 서두르거나 걱정하며 이 거리를 지나쳤다. 회의적인 보도 기자 K.S. 캐롤, 의심 많은 기자 장 다니엘, 프랑스 언론의 생기 있는 퍼스트 레이디 프랑수아즈 지루가 그들이다. 그들은 모두 폭탄과 검열에 반대하고, 사르트르, 카뮈, 멘데스 프랑수아 모리아크가 긴밀하게 협력해서(오늘날 그것을 상상하는 것은 꿈만 같다.) 만든 당대의 위대한 주간지 《렉스프레스》의 기자실로 향하곤 했다.

위안과 욕망을 다룰 줄 아는 이들 다섯 명은, 오늘날 내가 보기에 헨리 제임스의 『애스펀의 서류』에 나오는 탐욕스러운 미스 볼드로인 셈인데, 미스 볼드로는 찰스 디킨스의 『위대한 유산』에서 잔인하게 미친 미스 하비샴의 환생이고, 미스 하비샴은 푸시킨의 『스페이드 여왕』에서 질투의 힘으로 카드에서 이기는 비법을 간직하는 옛 백작 부인의 영국인 딸이다.

세 이야기를 관통하는 유사한 구조는 그들이 모두 하나의 신화적 가족이라는 것을 입증할 뿐이다. 이 구조들에는 일률적으로 노파, 젊은 여성, 그리고 젊은 남자라는 세 인물이 등장한다. 푸시킨 작품에서 노파는 안나 페도로브나 백작 부인이고 젊은 여성은 그녀의 피보호자인 리사베타 이바노브나, 젊은 남자는 설비 회사 사원인 헤르만이다. 디킨스 작품에서 노파는 미스 하비샴, 소녀는 스텔라, 남자 주인공은 핍이다. 헨리 제임스 작품에서 노파는 미스 줄리아나 볼드로, 젊은 여성은 조카인 미스 티나, 끼어드는 젊은 남자는 이름 없는 해설자 H. J., 즉 "헨리 제임스"로 마이클 레드그레이브가 이 이야기를 무대에 올릴 때 등장했다.

각각의 작품에서 끼어든 젊은이는 노파의 비밀을 알고 싶어 하는데, 푸시킨에서는 행운의 비밀, 디킨스에서는 사랑의 비밀, 제임스에서는 시의 비밀이 바로 그것이다. 어린 소녀는 순수하든 그렇지 않든 노파가 무덤까지 비밀을 가져가기 전에 그것을 알아내야 하는 속이는 자이다.

콘수엘로 부인, 아우라, 펠리페 몬테로는 이 저명한 모임에 가담했지만 '비틀어짐'이 있다. 아우라와 콘수엘로가 한 사람이라는 것이다. 펠리페의 가슴에서 욕망의 비밀을 찢어 내는 것이 바로 그들이다. 남자는 이제 속아 넘어간다. 이것 자체가 남성 우월주의에 대한 비틀기이다.

비록 그 대가로 화형에 처해진다 할지라도, 세 여성들 모두 근대 이성이 금지한 지식의 비밀, 저주받은 문서들, 이미 오래전에 사라진 양초 기름으로 얼룩진 편지들, 탐욕과 공포의 손길에 버림받은 카드뿐만이 아니라, 미래보다 더 위대한 힘으로, 역사학자 미슐레가 말하듯 자신을 투사하는 유물의 비밀을 지켰던 중세 마녀의 후예가 아닐까?

이브처럼 원죄에 대해 선동되지 않는 여성이면서, 판도라처럼 치욕의 상자를 열지 않을 죄 없는 여성. 그 여성의 비밀보다 더 은밀한 비밀, 더 오래된 주문이 있을까? 그 여성은 테르툴리

안 주교가 규정한 "하수구 꼭대기에 지은 사원"인 여성이 아니라, 입센의 『인형의 집』에 나오는 노라처럼 문을 쾅 닫음으로써 자신을 구해 내야 하는 여성이 아니라, 이러한 여성들에 앞서 자기 의지와 자기 몸의 주인이기 때문에, 그리고 스스로 시간, 몸, 의지 사이의 어떤 구별도 인정하지 않기 때문에 자기 시대의 주인일 수 있는 여성이다. 그들이 자신의 정신을 통해 자신의 신을 닮고 자신의 육체를 통해 자신의 악마를 닮기 위해, 정신과 육체를 분리하려는 남성에게 치명적인 상처를 입히지 않겠는가?

존 밀턴의 『실락원』에서 아담은 창조자를 비난하고, 그에게 도전하며 묻는다.

> 창조주여, 당신께 제가 저의 진흙으로
> 저를 인간으로 빚으라고 부탁드렸나요?
> 어둠에서 저를 꺼내 달라고, 아니면 여기에
> 이 맛 좋은 동산에 머물게 해 달라고 청했던가요?

아담은 신에게 묻고 더욱 심하게 추궁한다.

> ……저를 먼지로 줄이시려고,
> 단념하고 다시 돌려주기를 바라셨지요.
> 제가 받은 모든 것은 이행할 수가 없었고
> 제가 따르기에는 너무 힘든 규율과
> 구하지도 않은 선을 주셨습니다.

자신의 신성한 생각과 육체적 고통 사이에서 분열하는 이 사람은 스스로를 참을 수 없는 갈등의 작가인데, 그가 죽음이 아니라 차라리 이브 없는 삶을 요구하는 이유는 이브가 죽음보다 더 나쁘기 때문이다. 그 삶은 적어도 그에게 있어 자연의 커다란 결함이라 할 수 있는 여성이 없는 삶이자, 악마 없는 삶, 오로지 남성들만 있는 삶, 배타적으로 남성적인 영혼이 차지하는 현명한 창조였다.

하지만 이 남성적인 천사들만의 삶은 정신과 육체가 분리된, 소외된 삶이다. 이브와 판도라에서 볼 수 있듯이 여성은 이러한 구분에 대해 다른 지평에서 답을 찾는데, 그녀는 하나이고, 몸과 영혼은 분리불가능하며, 창조에 대해 불평하지 않고, 낙원의 사과가 아무도 죽이지 않기 때문에 자신들은 죄 없이 태어난 것이라고 말한다. 이 사실은 신성한 머리에서 발견한 것과 인간의 다리 사이에서 발견한 것과의 간극이 파괴한 정신분열적인 에덴으로부터 우리를 성장시키고 구원한다.

아우라에게서 자신의 어린 손녀를 찾는 제임스, 디킨스, 푸시킨, 그리고 미슐레가 밝힌 비밀의 여인 모두에게는 키르케라는 다섯 번째 조상이 있다. 변화의 여신 키르케에게 양극단이란 없고, 육체와 정신 사이의 완전한 분리도 없다. 왜냐하면 모든 것이 끊임없이 변하고, 전의 모습을 유지한 채 다른 것이 되고, 과거의 우리가 현재가 되고 미래가 될 것이므로 어떤 것도 희생시키지 않겠다고 약속하기 때문이다. "어제는 사라졌고 내일은 오지 않는다. 오늘은 끝이 없이 달아난다. 나는 나였고 나일 것이며 피곤한 채로 나는 남아 있다."

오래된 케베도를 모방하면서, 나는 1961년 여름이 끝나갈 무렵, 불안정하게 쓴 『아우라』의 원고 뭉치를 향해 물어보았다.

"삶이여, 들어 보라. 아무도 대답을 안 할 것인가?" 그날 밤 위대한 파리 거리에서 상업과 저널리즘과 오락이 혼재된 소용돌이 단어들과 함께 대답이 찾아왔다. 『아우라』의 가짜 주인공인 펠리페 몬테로는 친근하게 나를 부르며 대답했다.

너는 광고를 읽어. 빠진 것은 너의 이름뿐이야. 너는 펠리페 몬테로라고 생각하지. 너는 스스로 거짓말을 해. 너는 너야. 너는 다른 사람이야. 너는 독자야. 너는 네가 읽고 있는 것이야. 너는 아우라가 될 거야. 너는 콘수엘로였어.

"펠리페 몬테로입니다. 부인께서 낸 광고를 보았지요."

"네, 알아요……. 좋아요, 제가 당신 소개서를 보겠어요. ……안 되겠군요, 잘 보이지 않네요. 앞의 불 좀 켜 주세요. 좋아요……."

약간 물러서 봐. 비단 머리그물로 말아 올린 백발과 너무 늙어 차라리 어린애처럼 보이는 그녀의 윤곽이 은과 밀랍, 유리 등이 조합된 불빛에 드러나 보이게끔…….

"돌아올 거라고 말했죠."

"누가요?"

"아우라, 제 친구이자 조카이지요."

"안녕하세요?"

소녀가 머리를 숙이자, 동시에 그 노파도 같은 동작을 따라 하는 거였어.

"몬테로 씨야. 우리와 같이 살 분이셔."

여섯, 그녀가 죽기 불과 6일 전, 나는 「라 트라비아타」를 보았다. 나는 아내 실비아와 1976년 9월 우리의 오랜 친구 가브리엘과 테디 반 수일렌 집으로 저녁 식사를 초대받았다. 그 집에서 아우라와 같은 초록 눈을 지닌 자녀 네 명이 각각 로베르토 마타, 윌프레도 램, 알베르토 히로네야와 피에르 알레친스키가 그린 네 점의 작품 곁에서 손님들을 염탐했는데 그 소녀들이 그림으로 들어가는지 아니면 그림에서 나왔는지 분간하기 힘들었다.

"너를 놀래 줄 일이 있어." 집 주인이 말했다. 그리고 그녀는 마리아 칼라스 옆에 내 자리를 마련해 주었다.

나는 매우 긴장했다. 아무런 근거도 없었지만 나는 즉시 그녀를 알아볼 수 있었다. 식사를 하면서 나는 나 자신에게 말하는 것과 동시에 그녀에게 말하려고 노력했다. 1951년 멕시코시티의 한 예술극장 발코니에서 나는 「라 트라비아타」를 들었는데, 그때만 해도 그녀는 마리아 메니기니 칼라스라는 아주 생기 넘치는 활발한 어린 여자였지만, 그녀의 목소리는 내가 들어 본 중 가장 빼어났다. 칼라스는 마노레테가 황소와 싸웠던 것과 똑같은 방식으로, 누구와도 비길 수 없는 아리아를 불렀다. 그녀는 이미 젊은 신화였다.

나는 그날 밤 파리에서 그녀에게 그 이야기를 했다. 그녀는 부드러우면서 예리한 속도로 내 말을 가로막고 물었다. "당신이 만났던 그녀가 지금 신화가 되었는데 어떤 생각이 드시나요?" 나는 감히 당돌하게 대답했다. "내가 생각하기에 그녀는 살이 좀 빠졌네요."

그녀는 말할 때와는 다른 톤으로 웃었다. 나는 그녀의 평상시 목소리가 뉴욕의 중하층 소녀와 같다는 것을 인정해야만 했기에 외치거나 노래하는 마리아 칼라스의 행동은 말보다 음악에 가깝다고 생각했다. 그녀의 음성은 맨해튼 6번가의 샘 구디에서 마리아 칼라스 음반을 파는 한 소녀와 닮았다.

이것은 메데아나 노르마 혹은 카멜리아 소녀의 목소리도 아니었다. 그녀는 우리 모두가 알다시피 훌륭하고 따뜻한 목소리, 최정상급 디바의 목소리를 잃지 않은 채 체중을 감량했다. 그녀보다 아름다운 여자, 더 나은 여배우, 20세기 오페라 무대에서 더 훌륭한 가수는 없었다.

덧붙이자면, 칼라스의 매력이 단지 그녀의 훌륭한 무대에서만 느껴진 것은 아니었다. 내가 지금 바라보는 이 여인은 자신의 의지만이 아니라, 매분마다 그녀의 골절에 닿는 아픔과 매초마다 인생과 연결된 보다 투명하고 보다 가늘게 삶과 연결된, 그녀의 아픔과 시간을 통해 살이 빠진 것이다. 나는 결코 마리아 칼라스만큼 자신의 말을 듣는 상대에게 집중하는 여자를 만나 본 적이 없다.

그녀의 집중은 대화의 매너였다. 그녀의 검은(하얀 꽃잎과 젖은 올리브의 폭풍 속에 검은 두 등대와 같은) 눈 속에서 이미지들이 놀랍게 변하며 지나갔다. 그녀의 생각들이 바뀌었고 그 생각들이 이미지가 되었다. 그 이유는 그녀가 끊임없이 변하기 때문인데 마치 그녀의 눈은 끝나지 않은 일상 속에서 소음으로 뒤덮인 침묵과 루치아 디 라메르무르와 비올레타 발레리와 같은 가수들과 함께했던, 밤의 메아리가 있는 오페라의 발코니인 것 같았다.

그때 나는 『아우라』의 근원뿐 아니라 욕망의 근원을 발견했다. 욕망은 배가 떠나는 항구이자 이 소설의 마지막 운명이다. 나와 그녀는 엇비슷한 나이로, 나는 스무 살 때 멕시코시티에서 그녀가 부르는 「라 트라비아타」를 들었다. 그리고 우리는 거의 30년이 지나서 만났고 나는 전부터 알았던 그녀를 보고 있었다. 그러나 그녀는 나를 그날 밤 처음 본 사람으로 알았다. 그녀는 나와 나 자신을 비교할 수 없지만 나는 그녀와 나 자신을 비교할 수 있었다.

그리고 이러한 비교 속에서 나는 내 오른편에 앉은 지적인 여자의 또 다른 목소리를 발견했다. 그것은 가늘고 약간 세속적인 목소리가 아닌, 그리고 박물관에서 죽음의 포옹으로부터 삶을 재생하게 하는, 벨칸토 창법으로 노래하는 소프라노의 목소리가 아닌, 「라 트라비아타」가 죽는 장면에서 마리아 칼라스가 부르는 믿을 수 없이 신비롭고 영혼을 울리는, 노년과 광기의 또 다른 목소리였다. 언젠가 나는 이 목소리를 기억하고 이를 확인하기 위해 그 이튿날 아침 엔젤 레코드 가게로 서둘러 간 적이 있다.

대개 베르디 오페라를 부르는 소프라노들이 고통스러운 떨림으로 고조된 파토스로 이끌어 내고, 흐느껴 울고, 소리 지르고, 전율하면서 죽음을 표현하는 데에 반해 마리아 칼라스는 자신의 목소리를 늙은 여인으로 바꾸어 광기 어리게 만드는 독특한 창법을 구사한다.

나는 이것을 선명하게 기억하기 때문에 "에 스트라노/ 세사로노/ 글리 스파스미 델 도로레.(이상해! 격렬하게 꿈틀대던 고통이 사라졌어요.)"라는 마지막 소절을 거의 흉내 낼 수 있다.

이것이 늙음에 대한 불만이 가득 찬 노부인의 힘없는 목소리였다면, 즉시 칼라스는 광기의 정조를 불어넣어 절망적인 결핍을 희망의 단어들로 부활시킨다. "임 미 리나세마기타/ 인솔리토 비고레/ 아! 마 이오 리토르노 아 비베르.(다시 태어나듯 힘이

솟고, 아! 살아날 것 같아.)" 오로지 죽음만이 "오! 글로리아.(오! 이 기쁨.)"라고 외치며 노년과 광기를 굴복시킬 수 있다.

마리아 칼라스는 몇 주 후에 실비아와 나를 다시 초대했지만 만나기 전 어느 날 오후에 라 트라비아타는 영원히 죽었다. 하지만 죽기 전에 그녀는 나에게 비밀을 남겼다. 아우라가 탄생한 바로 그 순간, 마리아 칼라스는 한 여성의 목소리로 젊음과 노년, 삶과 죽음을 분리할 수 없고, 젊음, 노년, 삶, 죽음이라는 이 네 가지가 서로를 부른다는 것을 증명해 냈다.

일곱, 신이 이 세상을 창조하는 데 7일이 걸렸다. 8일째 사람이 태어났고 그의 이름은 욕망이었다. 마리아 칼라스가 죽은 후 나는 알렉산더 뒤마의 『카멜리아의 여인』을 다시 읽었다. 이 소설은 베르디의 오페라나 수많은 희곡, 각색한 영화보다 훨씬 뛰어나다. 왜냐하면 그 후속 작품들이 하지 못한 정신착란적인 시체 애호증을 묘사했기 때문이다.

이 소설은 아르망 듀발이 파리로 돌아가는 것에서부터 시작한다. 그는 마거리트 고티에가 죽었다는 사실을 알게 된다. 그녀는 아르망이 아버지의 병적인 고집 때문에 잃었던 애인이다. 그의 아버지는 마거리트가 아르망을 포기해야만 가족들이 원래대로 유지될 것이라고 말했다. 하지만 그는 실은 아들을 질투했고, 마거리트가 자신의 여자가 되길 원했던 것이다. 어쨌든 아르망은 절망해서 페르라쉐즈에 있는 그녀의 무덤으로 서둘러 갔다. 다음에 나오는 장면은 확실히 시체 애호에 관한 묘사 중에서도 가장 정신착란적이다.

아르망은 마거리트의 시체를 파도 된다고 허락받았다. 무덤을 지키는 파수꾼은 아르망에게 마거리트의 무덤을 찾는 것은 어렵지 않다고 말했다. 인근 무덤에 묻힌 사람들의 유족이 그녀가 누구였는지 알아내고 항의해서, 그녀 같은 사람들을 위해 특별히 마련해 놓은 땅, 즉 죽은 자들을 위한 창녀촌 같은 곳이 어딘가에 따로 있을 것이라고 말했다. 게다가 매일 누군가가 그녀에게 카멜리아 꽃으로 만든 부케를 보냈다. 그가 누군지는 밝혀지지 않았다. 아르망은 자신의 죽은 연인에게 질투심을 느꼈다. 그는 누가 그녀에게 꽃을 보내는지 알 수 없었다. 아, 삶에서나 죽음에서나 만약 죄만이 우리를 지루함으로부터 구원해 준다면! 이것은 그녀가 그를 만났을 때 처음으로 한 말이었다. "아픈 영혼의 동반자를 지루함이라고 부르지요." 아르망은 죽음 속 무한한 지루함에서 마거리트를 구원해 주기로 했다.

일꾼들이 무덤을 파기 시작했다. 곡괭이가 관 위 십자가상을 쳤다. 관대는 서서히 빠졌고 건조한 흙이 떨어져 나갔다. 나무판들이 무섭게 신음 소리를 냈다. 일꾼들이 낑낑대며 관을 열었다. 습한 흙이 경첩을 녹슬게 했다.

마침내 그들은 뚜껑을 열었다. 그리고 이내 코를 막았다. 아르망을 제외한 모두가 뒤로 넘어갔다.

시체는 하얀 수의를 덮었지만 몸의 굴곡이 드러났다. 수의 한쪽 끝에 좀이 슬어서 죽은 여자의 발이 구멍 밖으로 쑥 나와 있었다. 아르망은 수의를 벗기라고 지시했다. 일꾼들 중 한 명이 거칠게 마거리트의 얼굴 덮개를 벗겼다.

두 눈에는 구멍이 뚫려 있었고 입술은 사라졌다. 치아는 굳게 닫힌 채 하얗게 드러나 있었다. 관자놀이 위쪽은 손상되었고, 건조해진 긴 머리가 녹색으로 변해 버린 볼 위 움푹 파인 곳을 덮고 있었다.

아르망은 무릎을 꿇고 마거리트의 뼈만 남아 앙상해진 손에 키스했다.

이로써 소설은 시작한다. 이 소설은 죽음에서 시작해 죽음 안에서 최고조에 오를 뿐이다. 소설은 대상을 갈구하는 아르망 듀발의 욕망에서 비롯한다. 그 대상은 바로 마거리트의 육체이다. 하지만 우리는 원래 획득하고자 하는 욕망 자체를 바꾸려는 욕구가 있고, 그 어떤 욕망도 순수하지 않다. 문학이나 책 혹은 『아우라』에서 욕망을 이인칭 단수, '너'로 변모시켜 구조화했듯이 아르망 듀발은 마거리트 고티에의 시체를 얻는다.

'너'라는 단어는 모든 시공간과 심지어 죽음까지도 넘나들며 유령처럼 움직일 때 나 자신이 된다.

> 너는 눈을 뜬 채로 콘수엘로의 은빛 머리카락에 얼굴을 묻을 거야. 달이 구름에 가려 앞이 안 보이고 두 사람 역시 어둠 속에 가려 젊은 시절의 추억, 되살아난 기억의 어느 순간으로 대기 중에 이끌려 갈 때 그녀는 다시 너를 끌어안을 거야.
>
> "돌아올 거예요, 펠리페, 우리 함께 그녀를 데려와요. 내가 기운을 차리게 놔두세요. 그러면 그녀를 다시 돌아오게 할 거예요……."

나는 『아우라』를 1962년에 출판했다. 어린 시절 나와 멕시코에서 만났고 1961년 스무 살 때 파리의 빛에 의해 다시 태어난 것처럼 보였던 그 소녀는 2년 전 마흔 살의 나이에 멕시코에서 스스로 목숨을 끊었다.

# 작품 해설

## 카를로스 푸엔테스는 어떤 작가인가?

카를로스 푸엔테스는 1928년 파나마시티에서 멕시코인 부모 사이에 태어났다. 어린 시절 외교관이었던 아버지를 따라 몬테비데오, 리우데자네이루, 워싱턴, 산티아고, 부에노스아이레스 등 아메리카 대륙 전역을 옮겨 다니며 살았다. 그의 부모는 스페인어보다 영어가 더 능숙한 아들이 걱정되어 집에서는 스페인어만 사용하게 했고, 틈틈이 멕시코 역사책을 읽도록 교육했다. 그가 미국에서 학교를 다니던 1938년, 카르데나스 멕시코 대통령이 외국자본의 석유 회사를 국유화하겠다고 선언하자 그는 학교 친구에게 따돌림을 당했고, 멕시코인의 정체성을 고민하며 조국의 역사와 문화에 더욱 관심을 갖는다. 1941년에 칠레로 가서 훗날 함께 붐 세대를 대표하게 될 작가 호세 도노소를 만난다. 이때부터 그는 습작을 시작한다. 곧 부에노스아이레스에서 공부하며 영화와, 호르헤 루이스 보르헤스를 비롯한 라플라타 강 유역의 환상 문학에 탐닉한다. 그는 마침내 1944년 귀국하여 고등학교를 마치고 선배 작가 알폰소 레예스의 권유로 멕시코 국립 자치대학교 법학부에 입학한 뒤 민법이나 형법을 공부하는 대신 발자크와 도스토옙스키, 그리고 세르반테스를 읽으며 문학도의 길을 걷는 한편 옥타비오 파스와 알폰소 레예스 등 당대의 멕시코 지성들과 교류하며 멕시코의 문화적 정체성이라는 주제에 대해 고민한다. 푸엔테스는 현실 세계를 낱낱이 분석하고 세밀하게 관찰하는 발자크의 태도와, 문학이 우리를 상상의 세계로 이끌 수 있다는 세르반테스의 테제를 아우른다. 멕시코의 총체적 현실을 가장 미세한 부분까지 들어가고 또한 그 이면에 있는 신화와 환상마저 포괄하는 그의 작품 세계는 이미 유년기와 청년기에 접한 다양한 문화와 방대한 지식을 통해 기반이 잡혔다고 볼 수 있다. 1955년에는 엠마누엘 카르바요와 함께《멕시코 문학 저널》을 창간하고 1958년까지 편집장을 맡는다.

푸엔테스는 초기 작품부터 지금까지 멕시코인의 정체성과 더불어 라틴아메리카인의 정체성에 대해 꾸준히 탐구한다. 그는 이러한 주제를 실현하기 위해 다양한 인칭의 화자를 등장시키는가 하면 과거와 현재를 병치하거나 고대 멕시코의 신화적 세계와 멕시코시티의 근대적 일상을 조우하게 한다. 그는 상상할 수 있는 모든 파편적 일상과 역사의 편린, 신화적 제의를 동원해 고대와 식민지 시대, 근대와 탈근대가 뒤섞인 멕시코의 총체적 현실을 드러내려 하였다.

뿐만 아니라 그는 근대성의 산물인 도시를 소설화하려고 시도했다. 이전까지의 라틴아메리카 소설은 후안 룰포의 『뻬드로

빠라모』처럼 농촌을 배경으로 그 지역만의 특징을 묘사하는 데 중심을 두었다. 하지만 푸엔테스가 경험한 대도시들은 다양한 문화가 모여서 만든 복합적인 곳이었고, 『아우라』의 돈셀레스 거리처럼 상이한 역사가 중첩된 공간이다. 신시가지에 둘러싸인 구시가지처럼 복잡한 미로 같은 공간을 묘사하기 위해 다양한 기법을 동원했다. 이질적인 것들을 조합해 중층적인 의미를 만들어 냄으로써 푸엔테스는 멕시코의 다양한 문화적 정체성을 드러내려 한 것이다.

정체성이라는 것은 과거만을 드러내는 것이 아니라 미래에 대한 전망과 해석을 요구하는 것이다. 푸엔테스는 가브리엘 가르시아 마르케스(콜롬비아), 마리오 바르가스 요사(페루), 호세 도노소(칠레), 훌리오 코르타사르(아르헨티나) 등 이른바 붐 세대라 불리는 동시대 중남미 작가들과 마찬가지로 1959년 발발한 쿠바혁명 이후 카스트로 정권에서 정치적 유토피아의 씨앗을 보았다. 이들 대부분은 1960년대 미국 입국이 금지되었는데, 파리나 바르셀로나에서 작품 활동을 하면서 매끄러운 언어와 독창적인 기법으로 유토피아적 텍스트를 일구어 내고자 하였다. 푸엔테스는 역사를 보는 시각에 있어서도 유토피아적 역사관을 견지하는데, 역사란 일어난 일을 재구성한 사실의 역사뿐만 아니라 과거에 일어났으면 좋았을 상상의 역사도 조합해야 한다고 보았다. 그는 1975년 상상의 역사를 마음껏 펼친 『우리들의 대지』를 발표한다. 이 작품은 『아우라』의 주인공 펠리페 몬테로가 집필하려던 내용을 담고 있으며, 동시에 두 작품의 주인공 이름이 스페인의 필립 2세를 상징하는 펠리페라는 점에서 작가의 일관된 관심이 반영되었다는 것을 알 수 있다. 그는 훗날 구대륙과

신대륙이 만난 지 500주년이 되는 1992년에 개론적 문화사인 『파묻힌 거울』도 발표한다.

푸엔테스가 작가로서 세계적 명성을 얻게 된 작품은 『아우라』와 같은 해인 1962년에 발표한 『아르테미오 크루스의 최후』이다. 주인공 아르테미오 크루스가 죽음을 앞둔 시점에서, 소작농에서 멕시코혁명의 투사로, 혁명 후에는 외국자본과 결탁한 부유하고 부패한 사업가로 변모하는 과정을 시간을 뛰어넘어 서술한다. 멕시코혁명 정신을 계승한다는 취지로 제도혁명당이 혁명을 도모한 이후 일당독재와 부패에 대한 알레고리로 타락한 사업가의 인생을 일인칭, 이인칭, 삼인칭 시점을 섞어 가며 묘사한다. 일인칭 '나'는 침대에 누워 죽어 가는 늙은 주인공의 실존이다. 그리고 이인칭 '너'는 죽음을 앞둔 그의 무의식적 자아이다. 한편 삼인칭 '그'는 크루스의 과거이다. 이 세 목소리는 서로 교차하며, 각각이 들려주는 사건들 역시 시간의 흐름과는 상관없이 배열되다가 마지막 순간에 하나가 된다. 이 작품이 삶의 마지막 순간에 생애를 반추하며 죽음에 다다른다면, 『아우라』는 죽음을 앞둔 노파가 삶을 되찾으려 몸부림치는 구도를 취한다. 특히 『아우라』는 이인칭 화자를 따라 마치 카메라가 이동하는 것처럼 현재와 미래 시제만으로 긴박하게 진행된다. 이러한 실험적인 서사 기법은 당시 그가 추구하던 파리 누보로망의 영향도 있지만, 1950년대 말부터 멕시코에서 활동하던 루이스 부뉴엘과 교류하면서 영화 기법에서 영향을 받은 부분도 크다. 그의 첫 번째 부인 리타 마세도 역시 부뉴엘의 「절멸의 천사」 등에 출연했던 당대의 유명 여배우였다. 그는 1985년 출간한 『늙은 그링고』로 미국 베스트셀러 목록에 오른 최초의 멕시코 작가가 되었는데, 이 작품은 1989년 그레고리 펙과 제인 폰다 주연의 할리우드 영화로 만들어졌다.

그는 부친의 뒤를 이어 1965년 이후 런던과 파리에서 외교관으로도 활동하였다. 하지만 멕시코시티의 틀라텔롤코 광장에서 올림픽 개최 반대 시위를 하던 학생들에게 대포를 발포한 구스타보 디아스 오르디스 전 대통령이 1978년 스페인 주재 멕시코 대사가 되자 이에 반발해 프랑스 주재 대사직에서 물러났다. 미국의 사회주의 지식인 라이트 밀즈를 존경해 『아르테미오 크루스의 최후』를 그에게 헌정했던 푸엔테스는 참여적 지식인의 의무를 다하며 중도좌파 일간지 《라 호르나다》와 스페인의 대표적 일간지 《엘 파이스》에 멕시코의 현안에 대한 칼럼을 기고하는 등 적극적으로 정치적 견해를 개진해 왔다.

말년까지도 꾸준하게 작품을 발표하는 그는 로물로 가예고스 상, 멕시코 국가 문학상, 세르반테스 상 등 굵직한 상들을 수상했다.

## 『아우라』는 어떤 소설인가?

1962년 발표한 이 작품은 푸엔테스의 환상주의 계열 작품들 중에서도 가장 완성도 높은 작품으로 손꼽힌다. 이 소설에서 작가는 새로운 기법을 동원해 시간에 대한 관념을 깨고, 환상 세계와 현실 세계를 섞어 오싹하고 몽환적인 분위기를 만든다.

이인칭 화법을 사용할 때 작품 속 '너'에게 독자가 몰입하지 못하면 오히려 더 큰 거리감을 느끼게 하기 쉬운데, 『아우라』는 독자와 '너'의 매혹적인 긴장 관계를 유지해 이인칭 소설의 전범으로 꼽힌다. 작중인물 펠리페 몬테로를 '너'라고 부르는 화자는 애당초 객관적으로 서술하기를 포기한 채 영화 카메라처럼 펠리페에게 최대한 가깝게 접근한다. 이런 장치를 통해 독자는 화자를 펠리페의 또 다른 자아처럼 느낄 수 있다. 작가가 화자와 펠리페를 '어떤 의미에서' 일치시킨 까닭은 독자들이 자연스럽게 펠리페의 욕망과 두려움 속에 빨려 들어가도록 하려는 의도가 숨어 있다. 사건이 임박하고 공포가 몰려와도 화자는 펠리페-독자를 주관적으로 묘사하지 않으며, 인물들의 감정 묘사까지 생략한다. 독자가 일인칭 화자의 주관적 서술에 지속적으로 감정이입하기는 어렵다. 인물이 방백을 하거나 자기최면에 빠질 때, 독자는 이인칭 서술 속에서 주관이나 객관의 차원이 아닌 새로운 감정이입과 거리 두기의 묘한 줄타기 속으로 빠져든다. 화자와 펠리페가 일치하면서도 불일치할 때, 펠리페의 자아는 분열하거나 타자화되고, 화자는 메시지가 전달되는 미세한 시간차를 두고 임박한 미래의 '나'이자 '너'를 관찰하고 예언한다. 펠리페의 또 다른 자아 '나'는 현재에 있고, 실존적 펠리페이자 독자인 '너'는 임박한 미래에 있으며, '그'로 지칭되는 요렌테 장군은 과거에 있다. 펠리페의 자아인 '내'가 동일 인물인 '너'에게 말을 걸면서, 현재와 미래가 동시에 진행한다.

그런데 '너'는 '그'의 비망록을 읽고 '그'의 빛바랜 사진을 보면서, '너'의 '그녀'인 아우라와 '그'의 '그녀'인 콘수엘로가 동일 인물이라는 것을 깨닫고는 '너'와 '그'를 동일시한다. 이로써 이 작품은 현재에서 미래로 흘러가는 직선적 시간에서 해방되고 서로 다른 시공간과 조우한다. 펠리페는 '젊은' 요렌테 장군의 분신이므로 늙은 콘수엘로와 동시에 존재할 수 없다. 콘수엘로와 그녀의 젊은 분신인 아우라가 같은 시간대에 존재한다는 것도 불가능하다. 서로 다른 시간대를 연결하는 것은 콘수엘로의 영적 능력과 젊음에 대한 염원이다. 아우라는 끊임없이 펠리페의 영원한 사랑을 확인하고 싶어 한다. 분명 콘수엘로나 아우라는 펠리페보다 이 신비스러운 사건의 비밀을 더 많이 안다. 독자는 비밀을 알아채지 못하는 펠리페를 따라가다가 상이한 인물들이 알고 보니 같은 사람이었다는 전개에 전율을 느낀다.

'몬테로'는 '사냥하는 자'라는 뜻인데, 사슴으로 변신했다가 자신이 조련한 사냥개들에게 물어뜯기는 그리스 신화의 비극적 사냥꾼 악타이온처럼, 펠리페 몬테로는 욕망의 대상인 아우라를 사냥하려다가 콘수엘로의 욕망의 그물망 안에 포획되는 것이다.

그렇다면 화자인 '나'는 누구인가? 분명 '나'는 사건의 추이를 보다 잘 알고, 미래를 예지하고 현재를 증언하는 자이다. 물론 스스로에게 말을 거는 펠리페의 또 다른 자아일 수도 있고, 이미 죽은 요렌테 장군일 수도 있으며, 콘수엘로일 수도 있다. '너'인 펠리페는 또 다른 '나'인 요렌테 장군의 비망록을 읽는다. 독해가 끝났을 때 펠리페와 요렌테 장군은 아우라-콘수엘로를 매개로 한 은유적 관계를 통해 동일시된다. 이 두 남성은 텍스트를 매개로 상징적으로 조우할 뿐이다. 펠리페가 장군의 비망록을 읽는다는 것은 곧 자신의 노후 혹은 미래를 읽는 것이다. 그럼으로써 '나', '너' 그리고 '그'가 일치하고 인과적 시간의 굴레로부터 벗어난다.

그런데 펠리페는 비망록을 읽기 이전에 이미 신문광고를 통해 콘수엘로의 욕망과 코드를 맞춘다. 그녀의 마법은 소설의 초입부터 시작한다. '너'를 부르는 이 나직하고 친근한 목소리를 따라 펠리페는 음산하고 신비로운 정원을 건너 아우라의 출렁이는 녹색 눈망울 속으로 빠져들어 간다. 음침한 노파와 집안 분위기에 냉정하게 거리를 유지하던 펠리페는 어느덧 이 어두운 집의 보이지 않는 광휘 속에 젖어 든다.

궁핍한 역사학자 펠리페는 그저 월급 4000페소를 받아서 앞으로 원대한 문화사를 쓰리라는 소박한 야심을 품지만, 문득 이 집의 신비한 기운을 발견한다. 반동 귀족의 회상록을 비판적으로 바라보는 '나'의 목소리가 어느 순간 그를 유혹하는 마녀 사이렌의 목소리로 바뀌고 만다. 이렇듯 '나', '너', '그', 그리고 '그녀'의 은밀한 목소리가 일관되게 '너'를 지칭하며 슬금슬금 자신의 욕망을 드러낼 때, 돈셀레스 거리에 있는, 거울상을 상징하는 69번지였다가 지금은 815번지가 된 중남미 식민지 시대와 근대가 중첩된 어두운 집에서 '나'와 '너'의 욕망이 서로 엇갈리며 교차한다.

펠리페의 욕망 구도는, 욕망의 대상 아우라와 이를 방해하는 콘수엘로로 이루어진 삼각관계이다. 하지만 요렌테 장군의 비망록을 읽으면서 펠리페는 아우라가 된 콘수엘로를 원하는 것인지 콘수엘로가 된 아우라를 원하는 것인지 분간을 못 하는 지경에 이르게 된다. 이때 펠리페-요렌테와 아우라-콘수엘로의 거울상 관계가 성립한다.

하지만 펠리페와 아우라가 사랑을 나누는 행위는 환상이라는 하얀 침대시트 속에서만 가능하다. 두 번째 관계에서 아우라는 이미 성숙한 중년 여성으로 변했고 결국 아우라가 콘수엘로의 환영이었다는 것을 알고서 펠리페는 절망한다. 그러나 펠리페 역시 콘수엘로의 욕망에 투영된 요렌테 장군의 환영이다. 콘수엘로가 젊은 요렌테 장군의 분신인 펠리페와 사랑을 나누는 행위는 스스로에게 불가능한 젊음을 현재화하기 위한 것이다. 이 소설은 실은 찰나적 환영으로 죽음을 넘은 사랑과 잃어버린 청춘을 염원하는 상처 입은 자들의 엘레지인 것이다.

푸엔테스는 돈셀레스 거리의 고택이라는 단일한 공간 속에서 애상적인 판타지를 그리면서도 역사적 알레고리와 민족 정체성이라는 주제를 살짝 끼워 넣는다. 스페인 식민지 시대에 지은 스러져 가는 집과 이 집이 철거되기를 원하는 주변의 근대 건물의 대비가 명확히 부각되는데, 이 대비는 근대화와 산업화에 대한 반발로 피어난 고딕소설의 계보를 잇는다.

고딕소설은 공포와 로맨스를 조합한 문학 장르이다. 중세의 고딕식 고성을 배경으로 대개 어두운 숲, 구불구불한 계단, 비밀 통로, 고문실, 괴물이나 저주 등 초자연적이고 기괴한 이야기를 통해 신비감과 공포감을 전한다. 또한 이 시기에는 낭만주의가 발흥해 감정이 지닌 변용의 힘과 자연의 생명력을 강조하는 한편, 프랑켄슈타인 같은 괴물을 창조한 기술만능의 세태를 풍자한다. 괴물이나 마녀 혹은 팜 파탈적 인물을 동원해 공포를 조성하며, 경직된 리얼리즘 소설과 억압적인 종교재판에 대한 반발로 교훈적인 것과는 무관하게 초자연적 공포를 구현한다. 콘수엘로 저택 역시 미로 같은 계단과 고딕 장식의 옷장, 닳아빠진 개 머리 모양의 문고리, 정원의 약초와 고양이 울음소리, 천사를 맴돌며 웃고 있는 사탄 이미지, 빛과 어둠의 극명한 대비, 밀가루 인형과 희생당하는 새끼 양 등 고딕적 소품으로 가득 차 있다. 그런데 왜 푸엔테스는 이미 근대에 접어든 멕시코시티를 배경으로 시대착오적이라 할 수 있는 고딕소설을 썼을까? 그것은 과거의 추억에 사로잡혀 재개발을 거부하는 콘수엘로처럼 근대화 이전 세계에 대한 퇴행적 향수인가? 아마도 푸엔테스는 과거와 현재를 상징하는 다양한 문화적 정체성이 비동시적이고 고통스럽게 융합하는 과정을 효과적으로 전달하기 위해 고딕소설의 방식을 취한 것 같다.

이 작품에서 가장 오래된 인물인 요렌테 장군은 막시밀리안 황제의 측근이다. 막시밀리안은 멕시코 황제이자 오스트리아 대공이며 프랑스 황제 나폴레옹 3세의 조카이다. 당시 입헌군주제를 주창한 멕시코 보수파들은 자유파 개혁주의자인 베니토 후아레스 대통령에 대한 반발로 그를 황제로 옹립했다. 그는 벨기에 레오폴트 1세의 딸인 카를로타와 결혼해 1863년 멕시코로 가서 그 이듬해 황제가 되었다. 스스로 인디오 농민들의 보호자라고 자처하면서 자애롭게 통치하려 하였으나 강제 노역 제도를 철폐하려 해서 대지주들의 분노를 샀으며 후아레스가 몰수했던 교회 영지를 돌려주지 않아 가톨릭 성직자들과 대립하기도 했다. 결국 그는 전직 대통령 베니토 후아레스의 지지파와 끊임없는 내전에 시달려야 했기 때문에 대관식도 제대로 못 한 비운의 황제가 되고 만다. 그는 후아레스에게 연정을 거부당한 데다, 1865년 미국이 먼로주의 원칙을 들어 프랑스군에게 철수할 것을 요구해 곤경에 빠진다. 아내 카를로타는 나폴레옹 3세와 교황 비오 9세에게 남편을 지원해 달라고 요청했으나 거절당한다. 막시밀리언은 끝내 퇴위를 거부하고 총사령관이 되었으나, 베니토 후아레스의 멕시코 군이 들고 일어나 케레타로 전투에서 항복하고 케레타로 교외의 언덕에서 총살당한다. 그리고 카를로타는 말년까지 누군가 자신을 독살할지 모른다는 피해의식 속에 사로잡혀서 죽는데, 젊은 날에는 아름다운 왕후였으나 말년에는 고독과 광기에 사로잡히는 비극적인 삶은 콘수엘로의 삶을 통해 묘사된다.

막시밀리언의 측근이고 파리에서 교육을 받은 요렌테 장군은 멕시코 민족주의의 입장에서 보면 보수적 귀족주의의 잔재이고 반동적인 인물이다. 젊은 역사학도 펠리페는 요렌테 장군과 콘수엘로가 공유하는 프랑스적 문화를 체화한 인물로 요렌테 장군의 현신이 될 자격이 충분하지만, 그의 역사관은 달랐다. 그는 멕시코의 문화적 기원을 좇아 스페인 황금시대와 신대륙 식민지의 연대기를 총망라하고 민족 정체성의 뿌리를 찾고자 했다. 그는 스페인적 정통성을 대변한다. 그런 그가 요렌테 장군의 비망록을 읽으며 그의 반동적이고 귀족적인 역사 인식에 조소하는 것은 당연하다. 하지만 결국 그는 이데올로기의 차이를 넘어 요렌테 장군이 된다. 이때의 매개체는 바로 아우라이다. 특히 그녀와 세 번에 걸쳐 육체적으로 결합하면서 그는 요렌테라는 타자를 내면화한다. 이러한 성애는 서로 다른 정체성을 용해하는 우주적 결합을 가능하게 한다. 일찍이 멕시코혁명 와중에 교육부 장관을 지낸 호세 바스콘셀로스는 혼혈아이자 국경과 인종, 그리고 계급을 넘어선 사랑의 결과물인 메스티소를 "우주적 인종"이라 칭하기도 하였다. 펠리페와 콘수엘로의 육체적 결합과 펠리페와 요렌테 장군의 동일시는 서로 다른 정체성이 시공간을 뛰어넘어 필연적으로 융합하게 된다는 것을 상징한다. 푸엔테스는 은연중에 민족 정체성의 로맨스를 초자연적인 고딕소설

속에서 재현하고자 했던 것이다.

## 아우라는 누구인가?

그렇다면 이러한 결합의 매개자인 아우라는 누구인가? 아우라는 실체적 존재가 아니라 '가벼운 바람', 즉 콘수엘로가 만든 환영이자 제식을 행하는 대리인이다. 아우라의 실체적 존재를 부인하는 서술은 여러 곳에서 나타난다. 아우라가 부엌에서 새끼 양의 목을 쳐서 피를 뿌리는 순간에 콘수엘로가 방에서 같은 동작을 한다든지, 두 인물이 식사할 때 똑같이 움직인다든지 하는 것들이 그것이다. 아우라는 콘수엘로의 젊음과 재생의 욕망이 빚어낸 인물이다. 아우라와 콘수엘로는 부분과 전체라는 환유적 관계이다. 아우라(aura)라는 이름은 성인의 머리 위에서 빛나는 원환이자, 비교(秘敎)적 전통에서 마녀들이 요술을 부리는 유혹이라는 의미를 지닌다. 소설 속 아우라는 콘수엘로가 만든 강력한 흑마술의 결과이자 욕망의 투영체이다.

또한 아우라는 독일의 평론가인 발터 벤야민이 「기술복제시대의 예술 작품」이라는 에세이에서 예술 작품이 지니는 범접할 수 없고 일회적인 신비한 분위기라는 의미로 정의한 용어이기도 하다. 그에 의하면 예술 작품은 아무리 가까이 있더라도 멀리 떨어진 것의 일회성을 드러낸다. 예술의 대상이 되는 자연은 예술가에게 생명이 깃든 신비로운 본질을 전한다. 자연은 스스로 생동하는 범신론적인 신비로움이다. 그런데, '아주 가까이 있다 하더라도 어떤 먼 곳'으로 느끼게 하는 것은 무엇 때문인가? 그것은 종교적 기능이다. 숭배의 대상인 신에 가까이 접근해서는 안 되듯 예술 작품도 역시 그렇다. 마치 종교적 숭배의 대상처럼 예술 작품은 '아우라'를 갖는다. 즉 아우라는 "멀리 떨어진 것이 일회적으로 드러남."이라는 의미이다. 발터 벤야민은 산업사회가 되어 예술이 기계를 통해 복제되기 시작하면서 아우라를 상실했다고 본다. 푸엔테스는 이러한 아우라의 의미를 육화시킨다. 파도가 출렁이는 에메랄드 빛 바다로 묘사되는 그녀의 녹색 눈동자에 펠리페는 일회적이면서도 영원한 사랑을 느낀다. 그녀는 단 한 번 눈을 마주친 것으로 펠리페에게 치명적인 매혹을 선사한다. 그녀는 이후 팜 파탈처럼 펠리페의 방문을 열고 나신으로 살며시 그를 유혹한다. 그리고 펠리페는 그녀를 영원히 염원하게 된다.

그녀는 또한 범신론적 숭배의 대상이다. 그녀가 처음 펠리페 앞에 출현하기 이전에 '사가', 즉 "성스러운 현명함을 지닌 자"라는 토끼가 사라지고 묘하게도 콘수엘로는 토끼와 아우라를 동일시한다. 그녀의 녹색 눈동자와 녹색 치마는 그녀가 새끼 양의 가죽을 벗기는 장면과 더불어 무언가 악마적인 신비함을 내포한다. 또한 콘수엘로의 흑마술적 제의와 성상 옆에 웃고 있는 악마를 통해 아우라가 악마의 신기에 사로잡혔다고 해석할 수 있다. 흔히 기독교적 세계관에서는 이브 이후로, 유혹하는 여성에겐 악마적 속성이 있다고 묘사해 왔다. 새끼 양이나 염소를 희생물로 바치는 제의나 애니미즘은 기독교가 등장하면서 악마적인 것이 되어 버렸다. 하지만 어울리지 않는 상황에 기독교적 상징이 등장하는 것은 단순한 풍자적 패러디가 아닌 예술혼이 전이되는 성스러운 의식처럼 느껴진다. 그녀가 펠리페에게 자신의 몸을 바친 후 침대에 십자가처럼 누운 모습이나, 다리 사이에 있는 밀가루 인형에서 나오는 반죽을 펠리페에게 주자 그가 이를 마치 성체를 모시듯 받아먹는 장면이 바로 그것이다. 그 성체를 모신 펠리페는 자신의 내면에서 요렌테 장군의 무언가가 어른거림을 느낀다. 이 초월적 제의가 그를 다른 사람으로 거듭나게 하는 것이다.

아우라는 단순히 콘수엘로의 욕망을 위한 매개체나 주술이 빚어낸 환영에 그치지 않는다. 오히려 그녀는 펠리페에게나 콘수엘로에게나 접근 불가능하고 일회적이며 다가갈 수 없는 욕망의 대상이다. 물론 콘수엘로는 과거의 사랑을 현재에서 실현하기 위해 아우라를 탄생시켰다. 단순히 환영이나 젊은 날의 이미지에 대한 영적 복제에 불과한 아우라는 점차 자신의 생명력을 획득해 나간다. 하지만 이를 위해서는 콘수엘로의 헌신적 노력이 필요하다. 콘수엘로의 광기 어린 주술은 모두 아우라의 생명을 위한 것이다. "그녀는 나를 위해 자신을 희생하고 있어요."라는 아우라의 말은 이런 면에서 의미심장하다. 불가능한 젊음의 재현과 사랑의 재현, 이것은 예술가에게 창작이 그렇듯 콘수엘로에게 매우 고통스러운 작업이다. 그것이 피어오르는 비눗방울과도 같은 단 한 번의 에피파니에 그친다 하더라도 그 여운, 그 아우라는 영원히 남기에 그녀는 자신을 기꺼이 소진하고 만다. '위안'이라는 뜻의 '콘수엘로'에게 있어 가장 큰 위로와 즐거움은, 바로 일회적이지만 너무도 눈부신 아우라의 재현인 것이다.

2009년 11월

송상기

# 작가 연보

1928년 11월 11일 파나마시티에서 출생. 외교관인 아버지 라파엘 푸엔테스 보 에티거와 어머니 베르타 마시아스 리바스는 모두 멕시코인임.

1934년 미국 워싱턴에서 헨리 쿡 초등학교에 다님.

1940년 칠레 산티아고에서 중학교에 다님.
《칠레 민족연구소 회보》에 단편을 발표.

1944년 멕시코로 돌아와서 고등학교에 다님.

1946년 문학을 공부하려 했으나 먼저 법학을 공부하라는 알폰소 레예스의 권유로 멕시코 국립 자치대학교 법학부 입학.

1950년 제네바 국제 고등과학원에서 경제학 박사 학위 취득.
학창 시절에 마르크스주의를 지지해 공산당에 가입함. 국제노동기구 멕시코 대표로 활동.

1954년 첫 단편집 『가면의 세월(Los días enmascarados)』

발표.
외무부 언론 담당 부책임자로 일함.
1955년 엠마누엘 카르바요, 옥타비오 파스와 함께 《멕시코 문학지(Revista Mexicana de Literatura)》 창간.
1957년 외무부 문화 담당 총책임자가 됨.
1959년 멕시코 여배우 리타 마세도와 결혼.
멕시코 국립 자치대학교 문화부 부원장이 되었으나 곧 모든 대외활동을 접고 창작에 몰두.
1958년 첫 장편 『청명한 땅(La región más transparente)』 발표.
1959년 단편집 『양식(Las buenas conciencias)』 발표.
1962년 『아르테미오 크루스의 최후(La muerte de Artemio Cruz)』와 『아우라(Aura)』 발표.
1964년 단편집 『맹인의 노래(Cantar de ciegos)』 발표.
1966년 리타 마세도와 이혼.
1967년 『성역(Zona sagrada)』, 『허물벗기(Cambio de piel)』 발표.
1969년 『생일(Cumpleaños)』과 에세이 『중남미의 새로운 소설(La nueva novela hispanoamericana)』 발표.
1970년 희곡 『애꾸눈 왕(El tuerto es rey)』, 『고양이는 모두 검다(Todos los gatos son pardos)』 발표.
1972년 정치 비평서 『멕시코의 시간(El tiempo mexicano)』, 소설 『디아나 혹은 외로운 사냥꾼(Diana o la cazadora solitaria)』, 에세이 『몸과 제물(Cuerpos y ofrendas)』 발표.

1973년 단편집 『착몰(Chac Mool y otros cuentos)』 발표.

1974년 프랑스 주재 멕시코 대사로 임명.

1975년 『우리들의 대지(Terra nostra)』 발표.

1976년 실비아 레무스와 결혼.
문학비평집 『세르반테스 독서 비평(Miguel de Cervantes o la crítica de la lectura)』 발표.

1977년 『우리들의 대지』로 로물로 가예고스 문학상 수상.
케임브리지, 프린스턴, 하버드 대학교 등에서 강의.(1982년까지.)

1978년 『히드라의 머리(La cabeza de la hidra)』 발표.

1979년 알폰소 레예스 문학상 수상.

1980년 『소원한 가족(Una familia lejana)』 발표.

1981년 『불타 버린 물(Agua quemada)』 발표.

1982년 희곡 『달빛 아래 난초(Orquídeas a la luz de la luna)』 발표.

1984년 멕시코 국가 문학상 수상.

1985년 『늙은 그링고(Gringo viejo)』 발표.

1986년 『미완의 콜럼버스(Cristóbal nonato)』와 비평서 『타인과 나(Myself with others)』 발표.

1987년 세르반테스 문학상 수상.

1990년 『콘스탄시아(Constancia y otras novelas para vírgenes)』, 『캠페인(La campaña)』, 에세이 『용감한 신세계(Valiente mundo nuevo)』, 희곡 『새벽의 의식(Ceremonias del alba)』 발표.

1992년 역사 비평서 『파묻힌 거울(El espejo enterrado)』

발표.

1993년 『오렌지 나무, 시간의 순환(El naranjo o los círculos del tiempo)』, 에세이 『소설의 지리학(Geografía de la novela)』, 『두 마을에 주는 연설문(Tres discursos para dos aldeas)』 발표.

1994년 『디아나, 고독한 사냥꾼(Diana o la cazadora solitaria)』 발표.

1995년 『유리 국경(La frontera de cristal)』 발표.

1999년 『라우라 디아스의 세월(Los años con Laura Díaz)』 발표.

아들 카를로스 푸엔테스 레무스 사망.

2000년 『멕시코 태양 신화—천년의 기억(Los cinco soles de México—Memoria de un milenio)』 발표.

2001년 죽은 아들을 기리며, 소설 『이네스의 본능(Instinto de Inez)』 발표.

2002년 에세이 『나의 신념(En esto creo)』 발표.

2003년 『독수리의 왕좌(La silla del águila)』 발표.

2004년 에세이 『부시에 반하여(Contra Bush)』 발표.

2005년 에세이 『68세대(Los 68)』 발표.

2006년 『행복한 가족들(Todas las familias felices)』 발표.

2008년 『의지와 운명(La voluntad y la fortuna)』 발표.

세계문학전집 229

# 아우라

1판 1쇄 펴냄 2009년 11월 13일
1판 25쇄 펴냄 2024년 11월 13일

지은이 카를로스 푸엔테스
옮긴이 송상기
발행인 박근섭, 박상준
펴낸곳 (주)민음사

출판등록 1966. 5. 19. (제 16-490호)
서울특별시 강남구 도산대로1길 62(신사동) 강남출판문화센터 5층 (우편번호 06027)
대표전화 02-515-2000 팩시밀리 02-515-2007
www.minumsa.com



ISBN 978-89-374-6229-0 04800
ISBN 978-89-374-6000-5 (세트)

* 잘못 만들어진 책은 구입처에서 교환해 드립니다.

## 세계문학전집 목록

1·2 **변신 이야기 오비디우스 · 이윤기 옮김** 서울대 권장도서 100선
3 **햄릿 셰익스피어 · 최종철 옮김** 서울대 권장도서 100선 | 미국대학위원회 선정 SAT 추천도서
4 **변신 · 시골의사 카프카 · 전영애 옮김** 서울대 권장도서 100선
5 **동물농장 오웰 · 도정일 옮김** 미국대학위원회 선정 SAT 추천도서 | 《타임》 선정 현대 100대 영문소설
6 **허클베리 핀의 모험 트웨인 · 김욱동 옮김** 《뉴스위크》 선정 100대 명저
7 **암흑의 핵심 콘래드 · 이상옥 옮김** 미국대학위원회 선정 SAT 추천도서 | 《뉴스위크》 선정 10대 명저
8 **토니오 크뢰거 · 트리스탄 · 베네치아에서의 죽음 토마스 만 · 안삼환 외 옮김** 노벨 문학상 수상 작가
9 **문학이란 무엇인가 사르트르 · 정명환 옮김**
10 **한국단편문학선 1 김동인 외 · 이남호 엮음** 국립중앙도서관 선정 청소년 권장도서
11·12 **인간의 굴레에서 서머싯 몸 · 송무 옮김**
13 **이반 데니소비치, 수용소의 하루 솔제니친 · 이영의 옮김** 노벨 문학상 수상 작가
14 **너새니얼 호손 단편선 호손 · 천승걸 옮김**
15 **나의 미카엘 오즈 · 최창모 옮김**
16·17 **중국신화전설 위앤커 · 전인초, 김선자 옮김**
18 **고리오 영감 발자크 · 박영근 옮김**
19 **파리대왕 골딩 · 유종호 옮김** 노벨 문학상 수상 작가 | 《타임》 선정 현대 100대 영문소설
20 **한국단편문학선 2 김동리 외 · 이남호 엮음**
21·22 **파우스트 괴테 · 정서웅 옮김** 서울대 권장도서 100선 | 미국대학위원회 선정 SAT 추천도서
23·24 **빌헬름 마이스터의 수업시대 괴테 · 안삼환 옮김**
25 **젊은 베르테르의 슬픔 괴테 · 박찬기 옮김** 논술 및 수능에 출제된 책(1998~2005)
26 **이피게니에 · 스텔라 괴테 · 박찬기 외 옮김**
27 **다섯째 아이 레싱 · 정덕애 옮김** 노벨 문학상 수상 작가
28 **삶의 한가운데 린저 · 박찬일 옮김**
29 **농담 쿤데라 · 방미경 옮김**
30 **야성의 부름 런던 · 권택영 옮김**
31 **아메리칸 제임스 · 최경도 옮김**
32·33 **양철북 그라스 · 장희창 옮김** 노벨 문학상 수상 작가 | 서울대 권장도서 100선
34·35 **백년의 고독 마르케스 · 조구호 옮김** 노벨 문학상 수상 작가 | 서울대 권장도서 100선
36 **마담 보바리 플로베르 · 김화영 옮김** 서울대 권장도서 100선
37 **거미여인의 키스 푸익 · 송병선 옮김**
38 **달과 6펜스 서머싯 몸 · 송무 옮김**
39 **폴란드의 풍차 지오노 · 박인철 옮김**
40·41 **독일어 시간 렌츠 · 정서웅 옮김**
42 **말테의 수기 릴케 · 문현미 옮김**
43 **고도를 기다리며 베케트 · 오증자 옮김** 노벨 문학상 수상 작가 | 서울대 권장도서 100선
44 **데미안 헤세 · 전영애 옮김** 노벨 문학상 수상 작가
45 **젊은 예술가의 초상 조이스 · 이상옥 옮김** 서울대 권장도서 100선
46 **카탈로니아 찬가 오웰 · 정영목 옮김**
47 **호밀밭의 파수꾼 샐린저 · 정영목 옮김** 《타임》 선정 현대 100대 영문소설 | 미국대학위원회 선정 SAT 추천도서 | 《뉴스위크》 선정 100대 명저 | BBC 선정 꼭 읽어야 할 책
48·49 **파르마의 수도원 스탕달 · 원윤수, 임미경 옮김**
50 **수레바퀴 아래서 헤세 · 김이섭 옮김** 노벨 문학상 수상 작가 | 국립중앙도서관 선정 청소년 권장도서

51·52 내 이름은 빨강 파묵·이난아 옮김 노벨 문학상 수상 작가
53 오셀로 셰익스피어·최종철 옮김 서울대 권장도서 100선
54 조서 르 클레지오·김윤진 옮김 노벨 문학상 수상 작가
55 모래의 여자 아베 코보·김난주 옮김
56·57 부덴브로크 가의 사람들 토마스 만·홍성광 옮김 노벨 문학상 수상 작가
58 싯다르타 헤세·박병덕 옮김 노벨 문학상 수상 작가
59·60 아들과 연인 로렌스·정상준 옮김 《뉴스위크》 선정 100대 명저
61 설국 가와바타 야스나리·유숙자 옮김 노벨 문학상 수상 작가 | 서울대 권장도서 100선
62 벨킨 이야기·스페이드 여왕 푸슈킨·최선 옮김
63·64 넙치 그라스·김재혁 옮김 노벨 문학상 수상 작가
65 소망 없는 불행 한트케·윤용호 옮김 노벨 문학상 수상 작가
66 나르치스와 골드문트 헤세·임홍배 옮김 노벨 문학상 수상 작가
67 황야의 이리 헤세·김누리 옮김 노벨 문학상 수상 작가
68 페테르부르크 이야기 고골·조주관 옮김
69 밤으로의 긴 여로 오닐·민승남 옮김 노벨 문학상 수상 작가 | 미국대학위원회 선정 SAT 추천도서
70 체호프 단편선 체호프·박현섭 옮김
71 버스 정류장 가오싱젠·오수경 옮김 노벨 문학상 수상 작가
72 구운몽 김만중·송성욱 옮김 서울대 권장도서 100선 | 국립중앙도서관 선정 청소년 권장도서
73 대머리 여가수 이오네스코·오세곤 옮김
74 이솝 우화집 이솝·유종호 옮김 논술 및 수능에 출제된 책(1998~2005)
75 위대한 개츠비 피츠제럴드·김욱동 옮김 《타임》 선정 현대 100대 영문소설
76 푸른 꽃 노발리스·김재혁 옮김
77 1984 오웰·정회성 옮김 《타임》 선정 현대 100대 영문소설 | 《뉴스위크》 선정 100대 명저
78·79 영혼의 집 아옌데·권미선 옮김
80 첫사랑 투르게네프·이항재 옮김
81 내가 죽어 누워 있을 때 포크너·김명주 옮김 노벨 문학상 수상 작가
82 런던 스케치 레싱·서숙 옮김 노벨 문학상 수상 작가
83 팡세 파스칼·이환 옮김
84 질투 로브그리예·박이문, 박희원 옮김
85·86 채털리 부인의 연인 로렌스·이인규 옮김
87 그 후 나쓰메 소세키·윤상인 옮김
88 오만과 편견 오스틴·윤지관, 전승희 옮김 미국대학위원회 선정 SAT 추천도서
89·90 부활 톨스토이·연진희 옮김 논술 및 수능에 출제된 책(1998~2005)
91 방드르디, 태평양의 끝 투르니에·김화영 옮김
92 미겔 스트리트 나이폴·이상옥 옮김 노벨 문학상 수상 작가
93 페드로 파라모 룰포·정창 옮김
94 차라투스트라는 이렇게 말했다 니체·장희창 옮김 국립중앙도서관 선정 청소년 권장도서
95·96 적과 흑 스탕달·이동렬 옮김 국립중앙도서관 선정 청소년 권장도서
97·98 콜레라 시대의 사랑 마르케스·송병선 옮김 노벨 문학상 수상 작가 | BBC 선정 꼭 읽어야 할 책
99 맥베스 셰익스피어·최종철 옮김 서울대 권장도서 100선 | 미국대학위원회 선정 SAT 추천도서
100 춘향전 작자 미상·송성욱 풀어 옮김 서울대 권장도서 100선
101 페르디두르케 곰브로비치·윤진 옮김
102 포르노그라피아 곰브로비치·임미경 옮김
103 인간 실격 다자이 오사무·김춘미 옮김
104 네루다의 우편배달부 스카르메타·우석균 옮김
105·106 이탈리아 기행 괴테·박찬기 외 옮김

107 나무 위의 남작 칼비노·이현경 옮김
108 달콤 쌉싸름한 초콜릿 에스키벨·권미선 옮김
109·110 제인 에어 C. 브론테·유종호 옮김 BBC 선정 꼭 읽어야 할 책
111 크눌프 헤세·이노은 옮김 노벨 문학상 수상 작가
112 시계태엽 오렌지 버지스·박시영 옮김 《타임》 선정 현대 100대 영문소설 | 《뉴스위크》 선정 100대 명저
113·114 파리의 노트르담 위고·정기수 옮김 미국대학위원회 선정 SAT 추천도서
115 새로운 인생 단테·박우수 옮김
116·117 로드 짐 콘래드·이상옥 옮김 《뉴스위크》 선정 100대 명저
118 폭풍의 언덕 E. 브론테·김종길 옮김 미국대학위원회 선정 SAT 추천도서
119 텔크테에서의 만남 그라스·안삼환 옮김 노벨 문학상 수상 작가
120 검찰관 고골·조주관 옮김
121 안개 우나무노·조민현 옮김
122 나사의 회전 제임스·최경도 옮김 미국대학위원회 선정 SAT 추천도서
123 피츠제럴드 단편선 1 피츠제럴드·김욱동 옮김
124 목화밭의 고독 속에서 콜테스·임수현 옮김
125 돼지꿈 황석영
126 라셀라스 존슨·이인규 옮김
127 리어 왕 셰익스피어·최종철 옮김 서울대 권장도서 100선 | 《뉴스위크》 선정 100대 명저
128·129 쿠오 바디스 시엔키에비츠·최성은 옮김 노벨 문학상 수상 작가
130 자기만의 방·3기니 울프·이미애 옮김
131 시르트의 바닷가 그라크·송진석 옮김
132 이성과 감성 오스틴·윤지관 옮김
133 바덴바덴에서의 여름 치프킨·이장욱 옮김
134 새로운 인생 파묵·이난아 옮김 노벨 문학상 수상 작가
135·136 무지개 로렌스·김정매 옮김
137 인생의 베일 서머싯 몸·황소연 옮김
138 보이지 않는 도시들 칼비노·이현경 옮김
139·140·141 연초 도매상 바스·이운경 옮김 《타임》 선정 현대 100대 영문소설
142·143 플로스 강의 물방앗간 엘리엇·한애경, 이봉지 옮김 미국대학위원회 선정 SAT 추천도서
144 연인 뒤라스·김인환 옮김
145·146 이름 없는 주드 하디·정종화 옮김
147 제49호 품목의 경매 핀천·김성곤 옮김 《타임》 선정 현대 100대 영문소설
148 성역 포크너·이진준 옮김 노벨 문학상 수상 작가 | 퓰리처상 수상 작가
149 무진기행 김승옥
150·151·152 신곡(지옥편·연옥편·천국편) 단테·박상진 옮김 《뉴스위크》 선정 100대 명저
153 구덩이 플라토노프·정보라 옮김
154·155·156 카라마조프가의 형제들 도스토옙스키·김연경 옮김
157 지상의 양식 지드·김화영 옮김 노벨 문학상 수상 작가
158 밤의 군대들 메일러·권택영 옮김 퓰리처상 수상 작가
159 주홍 글자 호손·김욱동 옮김 서울대 권장도서 100선 | 미국대학위원회 선정 SAT 추천도서
160 깊은 강 엔도 슈사쿠·유숙자 옮김
161 욕망이라는 이름의 전차 윌리엄스·김소임 옮김
162 마사 퀘스트 레싱·나영균 옮김 노벨 문학상 수상 작가
163·164 운명의 딸 아옌데·권미선 옮김
165 모렐의 발명 비오이 카사레스·송병선 옮김
166 삼국유사 일연·김원중 옮김 서울대 권장도서 100선

167 풀잎은 노래한다 레싱 · 이태동 옮김 노벨 문학상 수상 작가
168 파리의 우울 보들레르 · 윤영애 옮김
169 포스트맨은 벨을 두 번 울린다 케인 · 이만식 옮김
170 썩은 잎 마르케스 · 송병선 옮김 노벨 문학상 수상 작가
171 모든 것이 산산이 부서지다 아체베 · 조규형 옮김 《타임》 선정 현대 100대 영문소설
172 한여름 밤의 꿈 셰익스피어 · 최종철 옮김 미국대학위원회 선정 SAT 추천도서
173 로미오와 줄리엣 셰익스피어 · 최종철 옮김 미국대학위원회 선정 SAT 추천도서
174·175 분노의 포도 스타인벡 · 김승욱 옮김 노벨 문학상 수상 작가 | 《타임》 선정 현대 100대 영문소설
176·177 괴테와의 대화 에커만 · 장희창 옮김
178 그물을 헤치고 머독 · 유종호 옮김 《타임》 선정 현대 100대 영문소설
179 브람스를 좋아하세요... 사강 · 김남주 옮김
180 카타리나 블룸의 잃어버린 명예 하인리히 뵐 · 김연수 옮김 노벨 문학상 수상 작가
181·182 에덴의 동쪽 스타인벡 · 정회성 옮김 노벨 문학상 수상 작가
183 순수의 시대 워튼 · 송은주 옮김 《뉴스위크》 선정 100대 명저 | 퓰리처상 수상작
184 도둑 일기 주네 · 박형섭 옮김
185 나자 브르통 · 오생근 옮김
186·187 캐치-22 헬러 · 안정효 옮김 《타임》 선정 현대 100대 영문소설
188 숄로호프 단편선 숄로호프 · 이항재 옮김 노벨 문학상 수상 작가
189 말 사르트르 · 정명환 옮김
190·191 보이지 않는 인간 엘리슨 · 조영환 옮김 《타임》 선정 현대 100대 영문소설
192 왑샷 가문 연대기 치버 · 김승욱 옮김 퓰리처상 수상 작가
193 왑샷 가문 몰락기 치버 · 김승욱 옮김 퓰리처상 수상 작가
194 필립과 다른 사람들 노터봄 · 지명숙 옮김
195·196 하드리아누스 황제의 회상록 유르스나르 · 곽광수 옮김
197·198 소피의 선택 스타이런 · 한정아 옮김 퓰리처상 수상 작가
199 피츠제럴드 단편선 2 피츠제럴드 · 한은경 옮김
200 홍길동전 허균 · 김탁환 옮김
201 요술 부지깽이 쿠버 · 양윤희 옮김
202 북호텔 다비 · 원윤수 옮김
203 톰 소여의 모험 트웨인 · 김욱동 옮김
204 금오신화 김시습 · 이지하 옮김
205·206 테스 하디 · 정종화 옮김 미국대학위원회 선정 SAT 추천도서 | BBC 선정 꼭 읽어야 할 책
207 브루스터플레이스의 여자들 네일러 · 이소영 옮김
208 더 이상 평안은 없다 아체베 · 이소영 옮김
209 그레인지 코플랜드의 세 번째 인생 워커 · 김시현 옮김 퓰리처상 수상 작가
210 어느 시골 신부의 일기 베르나노스 · 정영란 옮김
211 타라스 불바 고골 · 조주관 옮김
212·213 위대한 유산 디킨스 · 이인규 옮김 서울대 권장도서 100선 | BBC 선정 꼭 읽어야 할 책
214 면도날 서머싯 몸 · 안진환 옮김
215·216 성채 크로닌 · 이은정 옮김
217 오이디푸스 왕 소포클레스 · 강대진 옮김 서울대 권장도서 100선
218 세일즈맨의 죽음 밀러 · 강유나 옮김
219·220·221 안나 카레니나 톨스토이 · 연진희 옮김 서울대 권장도서 100선
222 오스카 와일드 작품선 와일드 · 정영목 옮김
223 벨아미 모파상 · 송덕호 옮김
224 파스쿠알 두아르테 가족 호세 셀라 · 정동섭 옮김 노벨 문학상 수상 작가

225 **시칠리아에서의 대화** 비토리니 · 김운찬 옮김

226·227 **길 위에서** 케루악 · 이만식 옮김 《타임》 선정 현대 100대 영문소설 | 《뉴스위크》 선정 100대 명저

228 **우리 시대의 영웅** 레르몬토프 · 오정미 옮김

229 **아우라** 푸엔테스 · 송상기 옮김

230 **클링조어의 마지막 여름** 헤세 · 황승환 옮김 노벨 문학상 수상 작가

231 **리스본의 겨울** 무뇨스 몰리나 · 나송주 옮김

232 **뻐꾸기 둥지 위로 날아간 새** 키지 · 정회성 옮김 《타임》 선정 현대 100대 영문소설

233 **페널티킥 앞에 선 골키퍼의 불안** 한트케 · 윤용호 옮김 노벨 문학상 수상 작가

234 **참을 수 없는 존재의 가벼움** 쿤데라 · 이재룡 옮김

235·236 **바다여, 바다여** 머독 · 최옥영 옮김

237 **한 줌의 먼지** 에벌린 워 · 안진환 옮김 《타임》 선정 현대 100대 영문소설

238 **뜨거운 양철 지붕 위의 고양이 · 유리 동물원** 윌리엄스 · 김소임 옮김 퓰리처상 수상작

239 **지하로부터의 수기** 도스토옙스키 · 김연경 옮김

240 **키메라** 바스 · 이운경 옮김

241 **반쪼가리 자작** 칼비노 · 이현경 옮김

242 **벌집** 호세 셀라 · 남진희 옮김 노벨 문학상 수상 작가

243 **불멸** 쿤데라 · 김병욱 옮김

244·245 **파우스트 박사** 토마스 만 · 임홍배, 박병덕 옮김 노벨 문학상 수상 작가

246 **사랑할 때와 죽을 때** 레마르크 · 장희창 옮김

247 **누가 버지니아 울프를 두려워하랴?** 올비 · 강유나 옮김

248 **인형의 집** 입센 · 안미란 옮김

249 **위폐범들** 지드 · 원윤수 옮김 노벨 문학상 수상 작가

250 **무정** 이광수 · 정영훈 책임 편집 서울대 권장도서 100선

251·252 **의지와 운명** 푸엔테스 · 김현철 옮김

253 **폭력적인 삶** 파솔리니 · 이승수 옮김

254 **거장과 마르가리타** 불가코프 · 정보라 옮김

255·256 **경이로운 도시** 멘도사 · 김현철 옮김

257 **야콥을 둘러싼 추측들** 욘존 · 손대영 옮김

258 **왕자와 거지** 트웨인 · 김욱동 옮김

259 **존재하지 않는 기사** 칼비노 · 이현경 옮김

260·261 **눈먼 암살자** 애트우드 · 차은정 옮김 《타임》 선정 현대 100대 영문소설

262 **베니스의 상인** 셰익스피어 · 최종철 옮김

263 **말리나** 바흐만 · 남정애 옮김

264 **사볼타 사건의 진실** 멘도사 · 권미선 옮김

265 **뒤렌마트 희곡선** 뒤렌마트 · 김혜숙 옮김

266 **이방인** 카뮈 · 김화영 옮김 노벨 문학상 수상 작가 | 미국대학위원회 선정 SAT 추천도서

267 **페스트** 카뮈 · 김화영 옮김 노벨 문학상 수상 작가 | 국립중앙도서관 선정 청소년 권장도서

268 **검은 튤립** 뒤마 · 송진석 옮김

269·270 **베를린 알렉산더 광장** 되블린 · 김재혁 옮김

271 **하얀 성** 파묵 · 이난아 옮김 노벨 문학상 수상 작가

272 **푸슈킨 선집** 푸슈킨 · 최선 옮김

273·274 **유리알 유희** 헤세 · 이영임 옮김 노벨 문학상 수상 작가

275 **픽션들** 보르헤스 · 송병선 옮김 서울대 권장도서 100선

276 **신의 화살** 아체베 · 이소영 옮김

277 **빌헬름 텔 · 간계와 사랑** 실러 · 홍성광 옮김

278 **노인과 바다** 헤밍웨이 · 김욱동 옮김 노벨 문학상 수상 작가 | 퓰리처상 수상작

341·342 **벌거벗은 자와 죽은 자** 메일러 · 이운경 옮김 퓰리처상 수상 작가
343 **시지프 신화** 카뮈 · 김화영 옮김 노벨 문학상 수상 작가
344 **뇌우** 차오위 · 오수경 옮김
345 **모옌 중단편선** 모옌 · 심규호, 유소영 옮김 노벨 문학상 수상 작가
346 **일야서** 한사오궁 · 심규호, 유소영 옮김
347 **상속자들** 골딩 · 안지현 옮김 노벨 문학상 수상 작가
348 **설득** 오스틴 · 전승희 옮김
349 **히로시마 내 사랑** 뒤라스 · 방미경 옮김
350 **오 헨리 단편선** 오 헨리 · 김희용 옮김
351·352 **올리버 트위스트** 디킨스 · 이인규 옮김
353·354·355·356 **전쟁과 평화** 톨스토이 · 연진희 옮김
357 **다시 찾은 브라이즈헤드** 에벌린 워 · 백지민 옮김
358 **아무도 대령에게 편지하지 않다** 마르케스 · 송병선 옮김
359 **사양** 다자이 오사무 · 유숙자 옮김
360 **좌절** 케르테스 · 한경민 옮김 노벨 문학상 수상 작가
361·362 **닥터 지바고** 파스테르나크 · 김연경 옮김 노벨 문학상 수상 작가
363 **노생거 사원** 오스틴 · 윤지관 옮김
364 **개구리** 모옌 · 심규호, 유소영 옮김 노벨 문학상 수상 작가
365 **마왕** 투르니에 · 이원복 옮김 공쿠르상 수상 작가
366 **맨스필드 파크** 오스틴 · 김영희 옮김
367 **이선 프롬** 이디스 워튼 · 김욱동 옮김 퓰리처상 수상 작가
368 **여름** 이디스 워튼 · 김욱동 옮김 퓰리처상 수상 작가
369·370·371 **나는 고백한다** 자우메 카브레 · 권가람 옮김
372·373·374 **태엽 감는 새 연대기** 무라카미 하루키 · 김난주 옮김
375·376 **대사들** 제임스 · 정소영 옮김
377 **족장의 가을** 마르케스 · 송병선 옮김 노벨 문학상 수상 작가
378 **핏빛 자오선** 매카시 · 김시현 옮김
379 **모두 다 예쁜 말들** 매카시 · 김시현 옮김
380 **국경을 넘어** 매카시 · 김시현 옮김
381 **평원의 도시들** 매카시 · 김시현 옮김
382 **만년** 다자이 오사무 · 유숙자 옮김
383 **반항하는 인간** 카뮈 · 김화영 옮김 노벨 문학상 수상 작가
384·385·386 **악령** 도스토옙스키 · 김연경 옮김
387 **태평양을 막는 제방** 뒤라스 · 윤진 옮김
388 **남아 있는 나날** 가즈오 이시구로 · 송은경 옮김
389 **앙리 브륄라르의 생애** 스탕달 · 원윤수 옮김
390 **찻집** 라오서 · 오수경 옮김
391 **태어나지 않은 아이를 위한 기도** 케르테스 · 이상동 옮김 노벨 문학상 수상 작가
392·393 **서머싯 몸 단편선** 서머싯 몸 · 황소연 옮김
394 **케이크와 맥주** 서머싯 몸 · 황소연 옮김
395 **월든** 소로 · 정회성 옮김
396 **모래 사나이** E. T. A. 호프만 · 신동화 옮김
397·398 **검은 책** 오르한 파묵 · 이난아 옮김 노벨 문학상 수상 작가
399 **방랑자들** 올가 토카르추크 · 최성은 옮김 노벨 문학상 수상 작가
400 **시여, 침을 뱉어라** 김수영 · 이영준 엮음
401·402 **환락의 집** 이디스 워튼 · 전승희 옮김

403 달려라 메로스 다자이 오사무 · 유숙자 옮김
404 아버지와 자식 투르게네프 · 연진희 옮김
405 청부 살인자의 성모 바예호 · 송병선 옮김
406 세피아빛 초상 아옌데 · 조영실 옮김
407·408·409·410 사기 열전 사마천 · 김원중 옮김 서울대 권장도서 100선
411 이상 시 전집 이상 · 권영민 책임 편집
412 어둠 속의 사건 발자크 · 이동렬 옮김
413 태평천하 채만식 · 권영민 책임 편집
414·415 노스트로모 콘래드 · 이미애 옮김
416·417 제르미날 졸라 · 강충권 옮김
418 명인 가와바타 야스나리 · 유숙자 옮김 노벨 문학상 수상 작가
419 핀처 마틴 골딩 · 백지민 옮김 노벨 문학상 수상 작가
420 사라진 · 샤베르 대령 발자크 · 선영아 옮김
421 빅 서 케루악 · 김재성 옮김
422 코뿔소 이오네스코 · 박형섭 옮김
423 블랙박스 오즈 · 윤성덕, 김영화 옮김
424·425 고양이 눈 애트우드 · 차은정 옮김
426·427 도둑 신부 애트우드 · 이은선 옮김
428 슈니츨러 작품선 슈니츨러 · 신동화 옮김
429·430 세계의 끝과 하드보일드 원더랜드 무라카미 하루키 · 김난주 옮김
431 멜랑콜리아 I–II 욘 포세 · 손화수 옮김 노벨 문학상 수상 작가
432 도적들 실러 · 홍성광 옮김
433 예브게니 오네긴 · 대위의 딸 푸시킨 · 최선 옮김
434·435 초대받은 여자 보부아르 · 강초롱 옮김
436·437 미들마치 엘리엇 · 이미애 옮김
438 이반 일리치의 죽음 톨스토이 · 김연경 옮김
439·440 캔터베리 이야기 초서 · 이동일, 이동춘 옮김
441·442 아소무아르 졸라 · 윤진 옮김
443 가난한 사람들 도스토옙스키 · 이항재 옮김
444·445 마차오 사전 한사오궁 · 심규호, 유소영 옮김
446 집으로 날아가다 랠프 엘리슨 · 왕은철 옮김
447 집으로부터 멀리 피터 케리 · 황가한 옮김
448 바스커빌가의 사냥개 코넌 도일 · 박산호 옮김
449 사냥꾼의 스케치 투르게네프 · 연진희 옮김
450 필경사 바틀비 · 선원 빌리 버드 멜빌 · 이삼출 옮김
451 8월은 악마의 달 에드나 오브라이언 · 임슬애 옮김
452 헌등사 다와다 요코 · 유라주 옮김
453 색,계 장아이링 · 문현선 옮김
454 겨울 여행 자우메 카브레 · 권가람 옮김
455 기억의 빛 마이클 온다치 · 김지현 옮김
456 표범 토마시 디 람페두사 · 이현경 옮김

세계문학전집은 계속 간행됩니다.